AF437176

PROCESIÓN

L. A. Montenegro

INTRODUCCIÓN

Aquella mañana, como muchas otras, salí tarde al trabajo. Por querer disminuir el tiempo de retraso, me encaminé al paradero de los taxis.

Había olvidado el paraguas en casa, creo que en el baño o colgado atrás de la puerta de mi habitación. Como fuera, para mi mala suerte, el aguacero parecía mucho más intenso que treinta minutos atrás. Según los meteorólogos, tendría que haber caído hasta esta madrugada. Pero no, seguía y, en apariencia, mucho más torrentoso que las primeras horas.

Una vez en el paradero, me subí al único taxi allí estacionado. Lo que menos deseaba era mojarme de gusto.

—¡Buenos días! —saludé efusivo.

El hombre me respondió de forma cortante, pero no me hice mayor problema. En más de una oportunidad viajé con taxistas hostiles, que no trabajaban en ese rubro porque les gustara, sino por necesitar el dinero.

Le di la dirección, y cuando asintió, saqué el teléfono móvil. Vi la hora, restaban quince minutos para entrar. Eso era lo que aproximadamente me demoraría en el taxi. Aún tenía una pequeñísima posibilidad de llegar a tiempo.

Le escribí un mensaje a mi supervisor explicándole que iba en camino, para que me tuviese presente en la lista oficial de asistencia. Cuando regresé la vista a la ventanilla para saber dónde íbamos, me sorprendí al notar que el sujeto estaba tomando otra ruta.

—Señor, parece que se equivocó —le señalé, conectando mi mirada con la del hombre a través del espejo retrovisor.

—Me parece, mi estimado amigo, que usted tiene un compromiso para hoy —dijo él con convicción.

—¿Perdón? —inquirí desconcertado—. Señor, creo que se equivocó de persona. Ahora detenga el vehículo.

—Mis órdenes son claras. Tengo que trasladarlo hasta la instalación —respondió el sujeto, siempre con la misma rigidez, sin mostrar una sola duda en su expresión pétrea.

¿Instalación?, me pregunté completamente descolocado. ¿Con qué clase de tipo me estaba confundiendo?

—Oiga, pare esto —demandé furioso, intentando abrir la puerta para bajar, sin importar que el vehículo fuese en movimiento.

—Lo siento mucho señor, pero órdenes son órdenes.

Exaltado, me incliné hacia delante y asomé la cabeza entre los dos asientos. Haría lo que estuviera a mi alcance para zafarme de la locura de aquel idiota, aunque tuviera que pasar a los puños. Sin embargo, cuando lo iba a increpar, un extraño olor me llegó a la nariz, que me hizo percibir todo borroso y me sumió en la inconsciencia.

PRIMERA PARTE

DÍA 1

1

Desperté recostado sobre una cama. Traté de recordar lo que me había ocurrido, pero no podía. Las imágenes en mi cabeza se veían borrosas. Lo único que sí tenía presente era un hedor dulzón que me hizo sentir los párpados muy, pero muy pesados, como si estuvieran hechos de piedra sólida.

Contemplé mi figura en el espejo del armario. Ya no llevaba las ropas que usaba para la oficina. En su lugar, vestía un uniforme azul de un material bastante suave y elástico. La prenda se ajustaba a mi cuerpo a la perfección y no entorpecía la movilidad.

Justo en el momento en que me disponía a salir de la cama llamaron a la puerta. Golpearon de forma suave y armoniosa, dejando atrás las sospechas del secuestro. Pero si no había sido secuestrado, ¿por qué dormirme y traerme hasta este lugar?, me pregunté, tratando de buscar alguna lógica en esta situación.

Me senté y observé inquieto a mi alrededor. Me hallaba en el interior de una habitación bien amoblada, que cumplía con las comodidades que cualquiera dispondría en su hogar: dos veladores apostados uno a cada lado de la gigantesca cama matrimonial, un armario de fina madera con puerta corrediza y, junto a la puerta, la típica cajonera de cualquier dormitorio. Frente a la cama, apegado al techo, advertí un televisor de pantalla plana adherido al muro. Si alguien me había raptado o algo por el estilo, se estaba preocupando de mantenerme con todas las comodidades, quizás deseaba cobrar un jugoso rescate. Aunque si soy sincero, al contactarse con mi familia no conseguirían gran cosa ya que, a excepción de mi tío Raúl, los demás somos humildes trabajadores que vivimos el día a día con el sueldo mínimo.

—¡Pase!

—Permiso —dijo un chico joven al abrir la puerta—. Hola Cuatro, un gusto.

¿Qué? ¿Me había llamado Cuatro? ¿En qué clase de mundo me había metido?

—¿Disculpa? —lo abordé inquieto—. ¿Me llamaste Cuatro?

—Claro. Es tu nombre en la Procesión. Todos somos llamados por los números de nuestras habitaciones, es la regla que los jueces nos han puesto —informó, aproximándose a la cama—. Mi nombre es Dos.

¿Procesión? ¿Jueces? En realidad, no entendía nada de nada.

—Bueno, supongo que aún no conoces las reglas del juego, por eso te muestras tan desconcertado.

—¿Qué? ¿Interrumpieron mi vida laboral por un estúpido juego? —inquirí fastidiado.

—Bueno… Más que un juego es un juicio —explicó el muchacho mirándome de reojo—. Todos los traídos a la Procesión somos culpables de daños en la sociedad.

—¿Daños? —Me mostré mucho más desconcertado—. ¿Quieres decir como una prisión?

—Algo así. Pero donde tu condena la pagas en días de juegos de juicio, que si no me equivoco… —respondió Dos, consultando la hora en el reloj de pulsera que traía en la muñeca derecha—, comenzarán dentro de veinte minutos.

—¿Participaré de aquella locura sin conocer nada de esto?

—Mmm...

La mirada de Dos se fue hasta el velador, alargó la mano, abrió el cajón y extrajo un estuche de cuero negro. Al quitar los broches y levantar la cubierta, quedó a la vista una tarjeta celeste junto a una pulsera plateada que exhibía un bien pulido rubí.

—¡Excelente! Tienes la tarjeta celeste.

—Dos, por favor —musité frunciendo el ceño—, explícame todo y no me confundas más.

El muchacho sonrió enseñándome la pulsera.

—Está bien. Primero, ponte esto; es tu dispositivo de ubicación. Gracias a él, cuando estés en el juego, podrás desplegar un mapa de la zona con solo pulsar la piedra preciosa.

Me ajusté la pulsera. El contacto del metal con mi piel resultaba electrizante.

—Muy bien. Me alegra mucho que, al igual que yo, tengas la tarjeta celeste. Eso significa que estarás aquí por tres o cinco días.

—Mmm... ¿Te soy sincero, Dos? Me siento mucho más confundido.

El joven se encogió de hombros.

—Bien, vamos desde el principio —comenzó diciendo Dos, poniéndose en pie—. Procesión es un recinto donde vienes a pagar tus pecados, participando de los juegos del juicio. Tienes que sobrevivir durante una cantidad de días, luchando en contra de un grupo de seres dispuestos a matarte, de los cuales deberás huir desde el amanecer hasta el anochecer.

¿Una prueba de supervivencia para ser absuelto de los pecados? ¿Pero qué gran daño había hecho para venir a caer a este lugar?, me pregunté tratando de recapitular mis acciones para saber con certeza por qué el hombre del taxi me trajo hasta aquí.

—Al llegar se te designa una de las tres tarjetas de juicio que son las que dictan tu sentencia, dependiendo rigurosamente de los pecados cometidos. Puede ser la tarjeta celeste, con la cual estás de tres a cinco días; la azul, que te castiga de cinco a diez días o la negra, con la que cumples la máxima condena, de veinte días.

Cogí la tarjeta. Era una pieza plástica donde figuraban mis datos personales y en la esquina inferior se leía el número tres en relieve remarcado con tinta negra.

—Tres —dije, dedicándole una mirada de soslayo a Dos.

—¡Tres! —profirió Dos con voz jubilosa—. Eso es muy bueno, Cuatro. Significa que lo que hiciste no fue tan grave.

—Verás, Dos, no soy un santo, pero no logro recordar que fue eso que hice tan grave para venir a parar aquí.

—Mmm... Cuando me dijeron eso Seis y Ocho, no les creí ni una mierda, pero a ti sí. Me das la confianza necesaria para creerte. Bueno, te diré que yo estoy al tanto de por qué me trajeron. Al igual que tú, tengo la tarjeta celeste. Pero me dieron cuatro días.

—¿Qué hiciste? —le pregunté regresando la tarjeta al estuche.

—Cuando estuvimos en el proceso de repartir la herencia de mi padre, ofrecí dinero para quedarme con todo y que mis dos hermanas no tocaran un mísero peso. Ellas sufrían de cáncer terminal y, al no poder contar con el dinero, murieron a los pocos años.

—Ya veo... —repuse con un hilillo de voz.

—Créeme, me arrepiento de corazón de lo que hice. Y si he de morir aquí, lo asumiré gustoso.

Aquel muchacho era realmente malo. Quizás no como esos criminales que aparecían en los titulares de los noticiarios, pero, aun así, era culpable de la muerte de su propia sangre. Sin embargo, por su tono de voz me daba cuenta de que de corazón se arrepentía.

—¿Cuántos días llevas aquí, Dos?

—Uno —respondió, alzando el dedo índice de la mano derecha—. Y te puedo garantizar que un día de juicio no es como salir de día de campo. Vi a muchos culpables morir sin piedad.

A juzgar por la expresión de Dos, los días de juicio eran peligrosos en verdad.

—Hablaste de unos seres, ¿qué clase de seres?

—Se llaman Evas. Se supone que son prototipos de Eva, la primera mujer, a las que, de alguna forma, les adaptaron el cerebro para que no pensaran en nada más que matar. Tal como nosotros visten trajes azules, distinguiéndose por la sigla E en su pecho acompañada por su número correspondiente.

—¿Es un número grande de Evas?

—Sí —contestó Dos encaminándose hacia la puerta—. No sé cuántos específicamente, pero he visto hasta el prototipo E875. Hay una curiosidad de las Evas: las que llevan números impares son asesinas, mientras que las pares, muy por el contrario, son totalmente serviciales. Es más, ayer, durante el trayecto de la tarde, Quince estuvo teniendo sexo con E20, y esa bella criatura se comportó mucho mejor que una mujer humana.

¡Qué locura! ¿Cómo estar pensando en tener sexo cuando tu vida pende de un hilo?

—Bueno, ya estamos casi en la hora —anunció Dos reparando en las manecillas doradas de su reloj—. A las seis en punto tenemos que estar todos en el comedor listos para jugar.

—¿Dos?

—¿Sí?

—Esto es real, ¿verdad? —pregunté sin querer asimilar aún todo lo que estábamos viviendo.

—Sabes, Cuatro, cuando llegamos aquí, todos dudamos si es real o no —respondió el muchacho antes de salir, cerrando la puerta suavemente—. Pero yo te lo digo: es real, muy real.

Apreté los puños. Si de verdad había cometido un pecado que pesara lo suficiente para caer en el juicio, tenía que asumirlo. Pero, sin creerme un hombre perfecto, podía decir con toda tranquilidad que no tenía la más mínima idea de cuál había sido mi falta como para sentirme arrepentido, así como Dos. Probablemente, se me revelaría con el transcurso de los tres días de condena, solo tendría que esperar con calma.

2

Al salir del cuarto, me encontré con un extenso corredor con puertas de habitaciones en las paredes de ambos costados. A juzgar por los números en el centro de cada una de las puertas éramos treinta prisioneros.

De la habitación 19 salió un hombre maduro inmenso que, por su semblante duro, no tenía un carácter muy amigable.

Cuando pasó frente a mí, me observó de reojo, como si le desagradara cruzarse con alguien en el camino. Sus labios se volvieron una línea perfecta, y cuando sus prominentes músculos de las extremidades superiores se estremecieron, olí problemas.

—¿Ocurre algo? —preguntó el sujeto, empleando su voz carrasposa.

—No, señor.

El hombretón esbozó una sonrisa maliciosa que torció hacia arriba su espeso bigote. Entonces supe que debía estar alerta, pues se aproximaban los problemas.

—Creo que no estaría nada mal partir el día torciendo un par de miembros —musitó el hombretón, alargando su mano izquierda hacia mí.

—¡Diecinueve! —profirió una voz desde atrás—. Al parecer no te basta con tener la condena de veinte días, ni con pasar cada noche en la silla eléctrica.

Con los fornidos dedos de Diecinueve a centímetros de mi cuello, busqué a quien me rescató. Se trataba de un hombre de color y penetrantes ojos grises. No era muy fornido, aunque la imponente complexión del coloso no se veía disminuida por ello.

Diecinueve lo observó por encima de su hinchado hombro. Luego frunció el ceño, y de mala gana retomó el camino. Me mantuve mirando al hombretón hasta que se perdió al final del corredor.

—Hay algunos que nunca aprenden —comentó mi salvador aproximándose—. Diecinueve tiene la máxima condena, y lleva aquí cinco días, pero parece que los juegos del juicio no son suficientes para aplacar su puto carácter. Soy Treinta, un gusto.

—Muchas gracias —dije en un hilillo de voz, al tiempo que correspondía el saludo de mano.

—Debes ser Cuatro, ¿verdad?

—Sí... perdón, olvidé presentarme.

—Tranquilo. Eres nuevo por aquí, es normal que estés cohibido. Además, cruzas palabras con Diecinueve en tu primer día... Una razón más para no estar cómodo.

Creía que Diecinueve había llegado a la Procesión por asesinato, emanaba aquel aire de criminal desquiciado. Lo bueno era que, tal como en todas partes, siempre se encuentra gente amable, dispuesta a entregarte ayuda.

—¿Por qué viniste a dar aquí, eh, Cuatro?

—Bueno...

Una vez más esa pregunta, y una vez más sin tener que responder. Por más que me diera de cabezazos, no lograba encontrar respuesta a dicha interrogante.

—Si no quieres responder, no hay problema —me dijo Treinta dándome una suave palmada en el hombro.

—No es eso, estimado. Es que no logro entender por qué estoy aquí.

—¡Vaya! —exclamó él frotándose el antebrazo derecho con la mano contraria—. No eres el primero que dice algo así, pero por alguna extraña razón te creo.

—Sí, lo mismo me dijo Dos.

—Ah, ya conociste a ese muchachito. Es de las pocas personas de este recinto que vale la pena conocer.

—Así parece, es muy agradable.

—Cuatro, será mejor que vayamos al comedor —cambió de tema Treinta, tras consultar la hora en un elegante reloj de bolsillo atado con una cadena de plata—. Quedan cinco minutos para que inicie el juego de hoy.

Asentí en silencio.

En el comedor se encontraba el resto de los prisioneros alrededor de una inmensa mesa de metal, ansiosos por dar inicio a los juegos. Cuán grande fue mi sorpresa al descubrir que, entre los condenados, se hallaban tres mujeres que permanecían juntas, apostadas en el extremo de la mesa que quedaba junto al muro.

Del otro lado se vislumbraba lo que parecía ser una oficina fortificada, de muros y puerta de acero sólido y cristales blindados. En su interior se hallaban cinco personas que no se distinguían bien por las computadoras que empleaban para manejar todo el recinto.

Oteando a conciencia el comedor, reparé en que las ventanas no tenían cristal, y que la corriente de aire matutina se infiltraba sin piedad por ellas.

Le dediqué una mirada de soslayo a Treinta tratando de comprender aquello. Si nos encontrábamos en una prisión, las puertas y ventanas deberían estar reforzadas o cualquier prisionero podría huir sin planificarlo demasiado. A menos de que los alrededores estuvieran infestados de trampas. No obstante, el exterior se veía normal: un terreno abierto, con un manto verde repleto de vida.

Treinta entornó los ojos. Se había percatado de mi insinuación, así que se apegó a mi oído y me susurró:

—Por favor, que ni se te pase por la cabeza escapar.

Lentamente, un escalofrío me recorrió la espina dorsal estremeciéndome las carnes de pies a cabeza. ¿Por qué me había dicho eso? Fue lo primero que me pregunté. Pero antes de que siquiera tuviese la intención de separar los labios, Treinta me señaló a un joven, que le dedicaba persistentes miradas a la puerta, como si esperara el momento indicado para escabullirse. Dentro de poco presenciaría el porqué de la recomendación.

Sin que ninguno de los presentes interviniera, el joven se abalanzó sobre la puerta, giró la manilla y en pocos segundos estaba en el exterior, corriendo en busca de su libertad. No tardaron en unírsele dos prisioneros más que, con la puerta abierta, no dudaron en huir.

La mano de Treinta se aferró a mi antebrazo, asegurándose de que no correría tras los tres fugitivos. Una vez que ni uno más de los presentes hizo ademán de salir, un tipo de cabellera blanca cerró la puerta esbozando una sonrisa desquiciada. La garra de Treinta se aflojó, y sin balbucear una sola palabra, me quedé mirando a los tres hombres alejarse a través de la ventana desnuda.

De pronto, advertí que se detuvieron de golpe. Una extraña fuerza remeció sus cuerpos como si fueran muñecos de trapo y no hombres de carne y hueso. Los gritos no se hicieron esperar, pero se extinguieron rápidamente. Con la llegada del silencio, los tres se desplomaron emanando un espeso humo negro.

Boquiabierto observé cómo, en algunos de los presentes, afloraron pronunciadas sonrisas, como si disfrutaran del dolor. Hasta mis tímpanos llegó el chirrido leve de un micrófono ajustarse, seguido de una voz masculina que anunciaba:

—Buen día, prisioneros. Damos inicio a un día más de los juegos del juicio. Solo restan dieciocho prisioneros condenados a consumar sus culpas en Lantrhia, la tierra artificial de los temidos seres conocidos como Evas.

—A los nuevos —continuó diciendo—, les cuento que serán dejados en un vestigio de ciudad contemporánea con todas las comodidades que requiere una persona corriente para sentirse a gusto. Sin embargo, el juego del juicio consiste en sobrevivir durante el tiempo que permanezca el sol visible. Pasado este tiempo, serán rescatados por nuestros sistemas de recuperación. En Lantrhia no son parte de nuestra jurisdicción, por lo tanto, si existe algún tipo de encuentro entre condenados, y lo arreglan acabando con algún muerto, el asesino queda completamente absuelto de culpa alguna. Muy por el contrario, si el crimen lo cometen en la Procesión serán llevados hasta la sala de torturas. Y si el crimen se repite en más de una oportunidad, se subirá el precio del castigo, siendo la pena mayor la guillotina o la cámara de gas.

Sentí que el estómago se me comprimía. Estar en la Procesión no era un juego, y cada minuto allí me convencía aún más.

—Para terminar con el discurso matutino —continuó diciendo el hombre— les deseo una muerte tranquila, con la cual logren despojarse de sus pecados.

¿Nos deseaba una muerte tranquila? O sea ¡daba por sentado que moriríamos en los juegos del juicio! Ahora sí que estaba nervioso.

Sentí una extraña fuerza en el ambiente, como si de un momento a otro el aire se volviera mucho más pesado. Miré en todas direcciones y observé que muchos se veían calmados mientras que otros, muy por el contrario, mostraban una clara angustia por lo desconocido en sus rostros.

Dirigí mí vista al punto donde se hallaban los jueces. Se encontraban de pie, de tal forma que podíamos ver sus semblantes. Un aire gélido me asoló cuando reconocí una cara familiar entre ellos. Cuando quise cuestionarme lo visto, todo mi entorno comenzó a cambiar y el comedor de la Procesión se fue desvaneciendo ante mis ojos atónitos. El cambio se detuvo, y quedamos ante el vestigio de la ciudad mencionada, en donde lucharíamos por nuestras vidas al ser forzados a pagar nuestros pecados.

Cuando la extraña fuerza se desvaneció como vapor en el aire, los dieciocho condenados tuvimos nuestros pies sobre el pavimento. Nos observamos desconfiados entre los automóviles aparcados en un gigantesco estacionamiento. Pese a que varios de los presentes exhalaban unas ganas enormes de matar, no se precipitaron unos sobre otros como lobos. Por el contrario, se fueron retirando de la zona, atentos a cualquier cambio que pudiera ocurrir.

Temeroso, barrí el área con la vista. A mi alrededor quedaron tres prisioneros: Dos, Treinta, y un hombre de mediana edad que se veía tan desconcertado como yo. Del resto del grupo ya no se sabía nada. Se habían esfumado raudos entre los edificios de la ciudad, como si supieran jugar a la perfección.

3

En silencio nos movilizamos hasta la rampa que nos conduciría hacia el interior de un edificio. Aún no salíamos del estacionamiento, y admito que lo primero que se me vino a la cabeza, fue que nos subiéramos a uno de los vehículos detenidos allí. Pero sería muy fácil que tuvieran las llaves puestas porque eso haría el juego muy sencillo. Entonces recordé a los tres hombres morir y, sin pensarlo, me paré de sopetón. Dos y Treinta se detuvieron, el otro hombre hizo lo mismo unos metros más adelante, apoyándose con pereza en la carrocería de una furgoneta blanca.

—¿Sucede algo, Cuatro? —me preguntó Dos, inquieto.

—Pensaba en los hombres que murieron antes de que iniciara el juego —contesté, reposando el peso de mi cuerpo en la pierna izquierda—. ¿Cómo pudo ser eso?

—Sí —musitó Dos, apoyando el pie izquierdo en el portamaletas de un deportivo plateado—. Creo que olvidé comentarte ese gran detalle.

Se arremangó el pantalón hasta la rodilla, dejando a la vista una plaqueta plomiza incrustada en la cresta de la canilla, adherida de forma desconocida a la carne justo por el costado externo de la pierna.

—Esto, Cuatro, es lo que mató a los tres fugitivos —continuó Dos con su explicación—. Si te alejas a más de cincuenta metros de la Procesión, libera una descarga eléctrica que te fríe de adentro hacia fuera.

—¿No se advierte de esos detalles? —pregunté preocupado.

—Perdón si te suena cruel, Cuatro, pero somos condenados. —respondió Treinta—. Servimos mucho más muertos que vivos

—Esa es nuestra realidad —finalizó el tema Dos, bajándose la pernera del pantalón para, a continuación, bajar el pie de la máquina.

De pronto oímos un chirrido en la parte superior del edificio. Los cuatro dirigimos nuestra atención hacia arriba: una viga metálica se precipitaba hacia nosotros.

Antes de que pudiéramos reaccionar, el extremo afilado de la pieza impactó en la cabeza del hombre cuyo nombre aún desconocía. El peso y la velocidad fueron cruciales, ya que la viga penetró en el cuerpo del condenado sin problema alguno, partiéndole los huesos del cráneo como si estuviesen hechos de cristal. Con el avance del metal, el sujeto murió instantáneamente empalado hasta la mitad del tronco entre chasquidos de huesos. La sangre se disparó en todas direcciones manchándonos las prendas a los tres. El cadáver se desplomó aún con el metal hundido.

Nos observamos en silencio, hasta que un extraño ruido de uno de los extremos del estacionamiento nos puso en alerta. Treinta nos instó a ingresar al complejo, y obedecimos sin titubear. No se podía pensar demasiado las cosas, menos, si no reaccionar a tiempo había costado la vida de uno de nuestros compañeros.

Una vez que conseguimos cruzar la mampara de cristal, el deportivo plateado donde Dos había apoyado el pie voló en pedazos consumiéndose en llamas.

—¡Maldita sea! —Profirió Treinta, oteando rápidamente el entorno—. Es E33, la maldita puta de la bazuca. Tendremos que buscar una puerta trasera, ¡o nos freirá vivos!

Dispararon contra nosotros un segundo misil que se estrelló justo en la entrada, destruyendo la mampara principal y empujando un verdadero aluvión ardiente contra nosotros.

Dos nos señaló un corredor que tenía la posibilidad de llevarnos a la salida y, sin meditar la acción, corrimos hacia aquel lugar. Un tercer impacto nos indicó que los problemas se nos venían encima.

Pero para nuestra fortuna, el corredor nos llevó a una salida trasera. Tras cruzarla nos encontramos en un precioso parque que lucía despejado. Cerramos la puerta a nuestra espalda y los tres respiramos mucho más aliviados, pues las explosiones continuaban en el otro extremo del edificio. Probablemente, la Eva no cesaría su ataque hasta reducir toda la infraestructura a cenizas.

Dos, satisfecho con la huida, se dejó caer sobre el suave manto de pasto, mientras que Treinta se cercioraba por las ventanillas de la puerta que no se acercara algún enemigo.

—Siento pena por Seis —lamentó Dos entrecruzando los brazos por atrás de su cabeza—. Era un buen chato.

—Sí —contestó Treinta con el semblante más relajado—. A pesar de que no asumiera la culpa de sus actos no era mala persona.

—¿Por qué estaba aquí? —pregunté interesado.

—Se supone que por estafa menor —respondió Dos—. Era socio de un hacker y violaban la seguridad de los bancos, realizando transferencias de montos pequeños a sus cuentas.

—Ya veo. —musité—. ¿Y solo vino a parar él a la Procesión? ¿El hacker quedó en libertad?

—No, también estuvo aquí, pero murió hace dos días.

—Comprendo —dije en un tono de voz que fue prácticamente un susurro.

—Bueno, Cuatro, bienvenido a los juegos del juicio —terció Treinta dándome una palmada en la espalda—. Vayamos a comer.

—¿Al mismo lugar de ayer? —preguntó Dos colocándose de pie.

—Sí.

—Cuatro, iremos al sitio en donde se encuentra E20 —me señaló Dos sacudiéndose las ropas.

¿Acaso me lo decía para ver si quería tener sexo? Qué locura. Los juegos del juicio eran uno de los proyectos más enfermos de la mente del hombre. ¿Cómo se pueden divertir viendo como las personas mueren? Con sinceridad, ni el criminal más terrible de la historia merecería terminar sus días así, siendo nada más que un maldito espectáculo.

Treinta nos guio fuera del parque. Al estar en la calle pulsó la piedra preciosa de la pulsera. Se expandió un plano virtual, como en un proyector similar a los que aparecían en las películas de ciencia ficción. En él se distinguía un mapa de la ciudad en el que Treinta parecía buscar el mejor camino para llegar, y una vez que lo tuvo, contrajo el plano, encaminándonos a paso firme y seguro.

4

De camino no nos encontramos con nadie más: ni una sola Eva, ni par ni impar. Nos movilizamos por un callejón que, en apariencia, era un basural gigantesco. Pero al estar a muy poco de salir, captó nuestra atención una discusión del otro lado del muro que nos separaba de la calle. Curiosos, nos trepamos sobre un montículo de porquería y quedamos a la altura precisa para espiar.

A pocos metros de nuestra posición vimos que Diecinueve discutía con otro condenado. Ambos parecían furiosos, y en menos del tiempo que estimaba se dieron a puñetazos. El desconocido era mucho más bajo que el asesino, por lo tanto al lanzar el primer golpe, Diecinueve lo aferró por la muñeca y le retorció la articulación. Sus huesos tronaron acompañados de un grito desgarrador del hombre. Pero Diecinueve no se detuvo ahí, si no que, sin piedad alguna, lo atrajo hacia su cuerpo, le rodeó el cuello con el brazo izquierdo y de un movimiento brusco se lo partió.

Me quedé helado. No entendía cómo podían existir hombres de tal frialdad, que no se arrepentían de sus actos a pesar de estar a las puertas de la muerte. Miré de reojo a Dos y Treinta, pero para ellos no parecía ser nada del otro mundo. Quizás estaban acostumbrados a ver escenas así, aunque para mí fuera algo nuevo.

Diecinueve, con una sonrisa de satisfacción en el rostro, soltó el cuerpo; no sin antes torcer el cuello de su presa nuevamente, asegurándose de que estuviese muerto. Le propinó una dura patada en el costado derecho que rompió varias costillas del cadáver y a continuación se retiró avanzando a paso firme.

—Ese sujeto realmente está cagado de la cabeza —comentó Dos apoyando el brazo en el reborde de la pandereta.

—Definitivamente, hermano —lo apoyó Treinta bajando del montón de basura—. Diecinueve hace que se vea tan fácil matar a una persona.

—¿A quién mató? —pregunté.

—Mmm... No estoy seguro, Cuatro —respondió Dos reuniéndose con Treinta—. Me parece que era Veinticinco.

—Sí, era Veinticinco —afirmó Treinta—. Otro de las tarjetas negras.

Al enterarme de que era un asesino el malestar fue menor. Miré por última vez el cuerpo de Veinticinco. Un hombre maduro de aproximadamente cuarenta años. Diecinueve le había dejado la cabeza vuelta en ciento ochenta grados. ¡Menuda fuerza tenía aquel coloso! Nuevamente agradecí que Treinta me hubiera salvado el pellejo en la mañana, o si no estaría en las mismas condiciones que aquel hombre.

Después de dicha escena, caminamos en silencio, lo que me dio el tiempo necesario para pensar en el rostro conocido que advertí entre los jueces. Estaba casi seguro que era una mujer muy importante en mi vida, pero no era lógico. Según los amigos que teníamos en común, ella se había ido a Canadá buscando nuevas posibilidades laborales. Aunque, de tratarse de un parecido casual, tendría que ser de las casualidades más extremas, ya que la altura, la contextura, ¡hasta la mirada! Eran idénticas a las de mi ex esposa.

Tropecé, y de no haber sido por Dos que me aferró firme del brazo, estoy seguro de que en esos momentos me habría dado de bruces en el suelo. Bajé de las nubes y noté que mi obstáculo era el peldaño de concreto que me conduciría al interior de un local de comida llamado «Comida al paso». La mano de Dos me soltó lentamente y, al notar el desconcierto en mi rostro, me preguntó:

—¿Sucede algo, Cuatro?

—Mmm...

Intenté buscar qué decir. El indicar que me preocupaba encontrarme nuevamente con quien fue durante ocho años mi mujer, no era de las mejores excusas. Además, no tenía la certeza de que fuera ella. Quizás solo se trataba de mi paranoia.

—Si no me equivoco, percibí cierta preocupación en ti cuando observaste a los jueces —comentó Treinta deteniéndose junto a la mampara de cristal del negocio de comidas— ¿Viste a alguien conocido entre ellos?

Estaba atrapado, no podría seguir ocultando mi desconcierto.

—¿Cuatro? —insistió Dos.

—Bueno... Sí...

—Ya veo —musitó Dos dando un paso atrás.

—Aunque no lo creas, —comenzó diciendo Treinta perdiendo su mirada por entre los rascacielos— no es para nada imposible. Los jueces no son fijos, y por lo general cambian cada semana. Además, el único requisito para que una persona ordinaria sea juez, es que no tenga penas por pagar, y si las tuviera, que las haya pagado antes.

—O sea... ¿cualquier persona puede cumplir el lugar de un juez? —inquirí, sorprendido por la noticia.

—Así es —asintió Treinta bajando la vista desde lo alto hasta conectarla con la mía—. Si sobrevives, puedes tomar el lugar de un juez y disfrutar cómo asesinos, ladrones y timadores se aniquilan entre ellos o bien, mueren en las manos de los prototipos de Evas.

—Qué injusto...

—No lo es, amigo —tomó la palabra Dos—. Injusto es que las faltas queden impunes, eso es injusto.

No supe que decir frente a esa afirmación. Sabía que tenía razón, pues en el exterior muchas faltas se pasaban por alto; incluso los asesinos y los malditos ladrones y violadores seguían libres en las calles... ¿Este sería el tan esperado castigo divino? Pero si fuera así ¿qué estaría pagando?

—Si bien algunos no hemos ocasionado tanto daño como para morir aquí, los hombres como Diecinueve merecen perecer cual malditos perros —terminó la idea Dos, apretando los puños.

Aquel hombre, Diecinueve, le generaba un gran malestar. Tanto que me atrevería a afirmar que lo odiaba desde lo más profundo de sus entrañas, y que aguardaba el momento de verlo morir.

—Dos, Cuatro, será mejor que entremos. Nos arriesgamos demasiado aquí fuera.

Ambos asentimos en silencio e ingresamos al local pisándole los talones a Treinta, pero el hombre de color se detuvo de súbito.

—¿Sucede algo, amigo? —preguntó confuso Dos.

Me incliné tratando de ver qué era lo que lo detenía, y advertí que las tres mujeres que había visto antes de iniciar el juego se hallaban acomodadas en una mesa y, como si no fuera suficiente, una de ellas nos apuntaba con una pistola.

—¡Tírate al piso, mierda! —ordenó la mujer armada, mientras se levantaba de la mesa.

Treinta, de mala gana, obedeció. Con un arma apuntando a su cabeza no tenía otra opción: si apreciaba su vida tendría que seguir las instrucciones de ella.

—Ahora, ustedes pasen —dijo dirigiendo el arma hacia nosotros— y siéntense a la mesa del fondo.

En silencio avanzamos hacia la mesa que nos señalaba.

—¡Que no se les ocurra hacer nada! O se los juro, ¡les vuelo la maldita cabeza!

Mordiéndonos la lengua nos acomodamos en la mesa señalada.

—Doce, regístralos.

Una chica morena que tenía una horrenda cicatriz junto al ojo derecho se nos acercó y, siguiendo las indicaciones de la primera mujer, nos registró de pies a cabeza. Incluso metió su mano por entre nuestras ropas para palpar en nuestra entrepierna. Al culminar se volvió hacia su compañera anunciando:

—Están limpios, no serán un problema.

—Perfecto —convino en un hilillo de voz la mujer armada, aproximándose a Treinta sin bajar el arma—. Ahora vamos con este desgraciado que tiene una cuenta pendiente conmigo.

No lograba quitar la mirada de la mujer que parecía ser la líder. Al sostener la pistola se hacía notar, asolándolo todo con su presencia. Recién entonces descubrí el detalle crucial que nos arrojó en bandeja de plata a las garras de aquellas harpías. ¡Los vidrios de la mampara eran polarizados! Quisiéramos o no, ni en un millón de años hubiéramos advertido las figuras de las condenadas junto a la mesa.

—Veinte, esto no tiene sentido —aclaró Treinta enseñando las manos—. Los tres estamos desarmados.

—¡Cierra la boca, maricón! —exclamó Veinte furiosa, mientras le propinaba una dura patada en el rostro a nuestro compañero—. Te juro, Treinta, que lo que hiciste no te lo voy a perdonar. ¡Te arrancaré con tenazas el maldito pene!

La brutal patada había dejado su marca. Ahora Treinta escupía sangre que se acumulaba formando un pequeño charco bajo su nariz.

—¡Doce, Catorce, vayan por la cuerda!

Sin demora las mujeres trajeron la cuerda, y Veinte levantó a Treinta. Lo hizo tomar asiento en una silla tras la mampara de cristal y lo ató. Una vez maniatado, Veinte le propinó varios golpes con la culata del arma, dejando profundas heridas en el rostro del hombre que derramaba sangre a borbotones.

—Disculpa —intervine poniéndome de pie—. ¿Qué te hizo él para que lo castigues así?

Con mi reacción no solo Dos clavó sus ojos en mí, sino también las tres mujeres.

Sabía que me podía llevar un par de dientes rotos o quizás un daño mucho peor, pero no podía seguir permitiendo que torturaran a Treinta. Sentía que no era justo. Veinte se adelantó aplacando a sus compañeras y, a paso moderado, se me aproximó.

—Tú y yo no nos conocemos —partió diciendo Veinte, girando la pistola en su puño—. Sin embargo, debo reconocer que tienes muchas pelotas como para enfrentarte a mí de esa manera.

—Veinte, por favor —suplicó Treinta esforzándose por mantener los ojos abiertos—. Déjalos fuera de esto.

—¡Tú! —lo regañó la mujer dando un tiro al aire—. Guarda silencio. No quiero perder el control, Treinta; por favor, quédate callado.

Todos, sin excepción, bajamos la mirada. Veinte emanaba la misma energía de Diecinueve, tenía exactamente la misma aura de asesina. Cuando centró sus ojos en mí, me sentí tan pequeño como si no fuera más que un diminuto ratón a poco de ser engullido por la más venenosa de las serpientes. Se acercó la punta del arma a la nariz, esbozando una pronunciada sonrisa que dejaba en claro que disfrutaba el olor a pólvora.

La puerta situada al fondo del local se abrió, y apareció ante nosotros una mujer de no más de veinte años. Su larga cabellera castaña, piel blanca y acogedores ojos verde agua la hacían maravillosamente bella. Tal como me lo habían dicho, en el pecho llevaba la sigla E, acompañada con el número 20 en una tonalidad blanca.

—Al fin llegas, preciosa —dijo Veinte extendiendo la mano hacia ella—. Ven a mi lado.

Sin titubear, la Eva avanzó hacia Veinte. Al tenerla a su alcance, la condenada la tomó por la cintura sin que la bella criatura opusiera resistencia; y sin más la apegó a su cuerpo, fundiéndose en un apasionado beso.

No puedo negar que la escena lésbica me puso a mil; es más, en muy poco tiempo sentí una descomunal erección. Entonces, sin dejar de apuntarme, Veinte abandonó la boca del prototipo de la primera mujer para recorrerla ávidamente con los labios en dirección del cuello, e inició profundas caricias con la mano que hasta hace un momento reposaba en la cintura del ser.

E20 permitió que la despojaran de la prenda superior, dejando que apreciáramos su exquisita desnudez. Como ninguna mujer conocida, el cuerpo de la Eva era perfecto. Sus atributos femeninos armonizaban en un equilibrio divino, por lo que nos deslumbraba con facilidad.

Veinte siguió con sus acciones. Descendió aún más con su boca, hasta posarla sobre uno de los pechos. La besó, lamió y succionó, sosteniendo la mama con la mano, deleitándose con los primeros gemidos de su amante. Luego repitió lo mismo en el otro pecho, y mientras E20 se retorcía con el contacto, la condenada no se detuvo allí, bajando aún más.

—Doce, acerca una silla, por favor —ordenó Veinte en un tono de voz tan extasiado, que fue muy difícil reconocer que no era más que una asesina enferma.

Su secuaz obedeció al instante dejando la silla junto a la Eva. Con cuidado, la ayudó a acomodarse y cuando Doce se iba a retirar, Veinte la aferró de la mano, diciéndole con voz dulce:

—Te puedes quedar... solo no le toques la boca, es mía.

Doce asintió.

—Catorce, ata a esos imbéciles, y te nos unes.

—No hay problema —asintió Catorce aproximándose a nosotros con un rollo de cuerda.

Mientras Veinte y Doce regresaban con E20, acariciándola y besándola, Catorce se prestaba a atarnos; no obstante, desde el exterior se presentó nuestra salvación.

—¿Qué mierda? —profirió Veinte, incorporándose con la pistola apretada con ambas manos.

Desde la calle cayó una andanada de balas.

Por la velocidad del ataque, era seguro que se trataba de un rifle de asalto con un poder de fuego y precisión muy elevada, pues sin mayor problema redujeron a la cabecilla.

Doce y Catorce intercambiaron miradas cómplices y, sin mayor espera, echaron a correr hacia la puerta del fondo. Veinte aún seguía viva, maldiciendo por la traición de sus camaradas.

Las balas se detuvieron. Supuse que estarían recargando el arma, así que Dos y yo corrimos veloces hasta Treinta y lo arrastramos con silla y todo hacia un rincón para que no fuera alcanzado por la ráfaga de la próxima andanada.

Veinte, con impactos de bala en el cuerpo, brazos y piernas, contraatacó con su arma volcando la carga completa sobre el enemigo.

Entonces recordé a E20, y cuando la divisé, tenía una bala alojada en la cabeza. Estaba muerta.

Como Dos traía una navaja de bolsillo, cortó rápidamente las cuerdas de Treinta. Luego le prestamos los hombros a nuestro compañero para que se incorporara. Treinta, con tantos golpes seguía mareado, pero con nuestra compañía, pudo llegar a la puerta del fondo, por donde habían huido Doce y Catorce.

No oímos más el rifle de asalto, solo la voz de una furiosa condenada que gritaba a todo pulmón:

—¡Esta me la pagan, malditas zorras traidoras! ¡Lo juro!

Me constaba que ella no era de arrojar palabras al viento, y estaba más que seguro que si se lograba escapar de la muerte, aniquilaría a las dos condenadas.

5

El escape del local de comida no fue complejo. Para nuestra fortuna, la puerta trasera nos condujo hasta una residencial abandonada. Ingresamos a una vivienda de dos pisos y dejamos a Treinta recostado sobre una de las camas presentes en el inmueble. Se hallaba tan lastimado que con esfuerzo se mantenía consciente.

Desde la planta superior donde descansaba nuestro compañero, Dos tenía un panorama perfecto del perímetro para que nadie se acercara sin que lo supiésemos. Por lo tanto, di inicio a la inspección del recinto en búsqueda de algo que nos sirviera.

Por la ventana de la cocina advertí que quedaban pocas horas para que el juego terminara, pues la tarde se hallaba bien avanzada.

Con cuidado, fui registrando cada mueble. Me sentí aliviado al encontrar productos en buen estado en el interior del refrigerador: carne de cerdo asada, una bandeja con fruta, y vino blanco. Lo saqué todo, lo deposité en una larga bandeja de cristal y lo llevé donde mis compañeros. Treinta se veía mucho mejor y Dos persistía con la vigilancia, sentado cómodamente en una mecedora junto a la ventana.

—Nada a la vista —aseguró Dos, clavando su mirada en mí—. Compadre, ¿no había una cervecita? Mira que requiero remojar la garganta.

—No, solo esta botella de vino blanco.

—No tomes en cuenta a Dos —tomó la palabra Treinta, sentándose en la cama—. No hay nada mejor que un buen vinito.

—Vamos, Treinta, el vino es para los viejos.

Frente al comentario de Dos, los tres compartimos una sonora carcajada.

Luego de comer, pasamos el resto de las horas en completa paz. Platicamos sobre nuestras vidas fuera de la Procesión y de lo que haríamos al superar los días de los juegos del juicio. Fue aquí que recordé mi empleo... Con tres días de inasistencia me despedirían, era un hecho. Por lo tanto, si conseguía salvar mi pellejo los dos días que me restaban, saldría a buscar un trabajo, ojalá de medio tiempo, para así aprovechar de practicar algún deporte.

Cuando el día llegó a su fin, la misma extraña fuerza que nos llevó a ese mundo trasladó nuestros cuerpos a la Procesión. Pero en vez de dejarnos en el punto de inicio, o sea en el comedor, nos dejó en los cuartos. Es más, cuando la fuerza dejó de ejercer presión sobre mí, me encontré recostado cómodamente sobre las ropas de cama.

Se me vinieron a la mente las imágenes de Dos y Treinta. Solo esperaba que estuviesen reposando tranquilamente en sus respectivos cuartos al igual que yo. Aunque, de igual forma, me azotaban las ganas de ir a visitarlos a sus habitaciones y asegurarme que no habían tenido inconvenientes.

Al bajarme de la cama la puerta se abrió dejando pasar a Dos.

—Cuatro, superaste tu primer día, ¡felicitaciones!

—Bueno... gracias.

No me parecía que fuera motivo para festejar, sin embargo, no quería arruinar el júbilo de él.

—¿Cómo está Treinta? —consulté sentándome en la cama.

—Bastante bien. Ese negro es un hueso difícil de roer.

Sonreí.

De pronto un tercer personaje entró a mi habitación, aferrando por el hombro a Dos. El muchacho se giró quedando de frente con uno de los jueces, que para mí fortuna se trataba de quien conocía.

—Retírate, Dos, necesito hablar a solas con tu compañero —dijo ella empleando un tono de voz duro y agresivo que jamás la había oído usar en los años que estuvimos juntos.

El joven bajó la cabeza y salió del cuarto cerrando la puerta a su espalda. Con esto me dejaba claro que el temor a los jueces era real, y no algo de palabra.

Una vez solos, ella, que en su tiempo había sido la mujer más importante en el mundo entero, me fustigó con la mirada casi como si quisiera apuñalarme con ella.

—Nos volvemos a encontrar.

—¿De qué va todo esto, Carmen? —le pregunté sin rodeos.

—No soy Carmen. Aquí, en la Procesión soy la jueza, y me debes respeto.

—Déjate de estupideces...

Sin embargo, antes de que siguiera hablando, Carmen levantó la mano derecha, realizó un chasquido con sus dedos e hizo que el aparato incrustado en mi pierna reaccionara. Sentí cómo una chispa eléctrica penetró los huesos de mi pierna, para un segundo más tarde, liberar una fuerte descarga en todo mi cuerpo. No me conseguí sostener en pie, si no que me desplomé sobre la cama consciente de que ella ostentaba el poder. Aún más, si se le daba la gana, me mataría sin problema.

—Creo que tendrás que pensar muy bien tus respuestas, Cuatro, o la próxima descarga vendrá más fuerte.

Luché por incorporarme, y al estar sentado, busqué su mirada. Al hallarla, me sumí en la oscuridad abismal que sustituía la deliciosa calidez de su corazón.

—¿Qué te ocurrió? —pregunté.

Ella, desplegando toda su frialdad, sonrió, y avanzando hacia la cama respondió:

—Es simple, amor, abrí los ojos. Y me di cuenta de que todo lo que viví a tu lado, ¡no fue más que un sueño! —declaró descargando una brutal cachetada en mi rostro—. Te di todo de mí, y aun así ¡me dejaste! Perdí ocho años de mi vida a tu lado, ¿y para qué? ¡Para que simplemente me abandonaras!

—Carmen. —Traté de buscar las palabras indicadas para responder—: nuestra separación me dolió, no fue algo fácil. Nuestro matrimonio no se encontraba consolidado, y desde que nos distanciamos, lograste crecer por tu cuenta.

—¡Excusas! —exclamó ella, silenciándome de un solo golpe—. Cada una de las razones que me des no es nada más que basura. Por eso y todo el daño que me causaste ¡es que pagarás aquí!

Dicho esto, me propinó un golpe más, que no solo me dejó tendido sobre la superficie de la cama, también me arrojó de cabeza al abismo de la inconsciencia.

SEGUNDA PARTE

DÍA 2

6

Desperté con un fuerte dolor de cabeza por los golpes que me propinó Carmen antes de caer inconsciente. Qué genio se gastaba aquella mujer ahora; jamás, en los ocho años que habíamos estado juntos, se había mostrado así. Con esto me quedaba aún más claro ese viejo dicho que dice: caras vemos, corazones no sabemos.

Quise levantarme, pero una mano me detuvo. Luego oí la voz de un muchacho que decía:

—No, Cuatro. Te golpearon duro cerca del oído, en la sien. Será mejor que te mantengas recostado un momento más. —Era la voz de Dos—. Compadre, tuviste que ser muy desgraciado para que uno de los jueces te viniera a golpear directamente a la habitación. Por lo general no adoptan esa actitud.

—Dos, sigo con la misma postura. Desconozco realmente porqué estoy aquí.

Volví la cabeza hacia el lado donde se hallaba sentado, y me percaté de que junto a la pared se encontraba Treinta descansando cómodamente en una silla de mimbre. Al conectar mi mirada con la de él, se limitó a sonreír. Las heridas del día anterior aún se notaban en su rostro, y tal vez el dolor no lo dejaba estar de buen ánimo.

—Estamos a menos de una hora para iniciar los juegos. La idea es que te recuperes lo más pronto posible o seremos blanco fácil —indicó Dos.

—Sí.

Me sorprendía todo esto. No lograba asimilar los acontecimientos, y quizás no pudiera obtener respuestas hasta que los juegos del juicio terminaran; por lo que, fuera como fuera, no podía perecer ni en la Procesión ni mucho menos dentro de la dimensión de las Evas.

Una vez en el comedor, a pocos minutos de ser enviados a la dimensión de los juegos, nos encontramos con el resto de los condenados. Las tres mujeres ya no permanecían juntas; Doce y Catorce se encontraban en un extremo de la mesa y Veinte en el otro. Entre ellas se percibía un odio latente. Por otro lado, Diecinueve parecía calmado, con cierta paz en su semblante; cosa muy sorprendente teniendo presente su instinto asesino que no lograba reprimir.

Quité la atención de los condenados, buscando a Carmen del otro lado del cristal. Se veía ensimismada en su labor digitando velozmente en el computador.

Cómo me dolía todo esto... Pensar que nos llegamos a amar sin límites y que terminamos aquí, ella siendo la jueza y yo un repudiado prisionero. En mi interior, rogaba por descubrir que solo se trataba de un sueño, un simple, llano y estúpido sueño, y que, al despertar, yacería en la cama, esperando nervioso que suene la alarma avisándome que ya era hora de ir a trabajar.

Ensimismado en mis pensamientos no oí lo que dijeron los jueces. Volví en mí cuando la extraña fuerza nos envió al espacio de los juegos, dejándonos en el estacionamiento. La violencia no se hizo esperar. En el preciso instante en que todos los condenados se dispersaban, Veinte extrajo la pistola y disparó en contra de sus viejas secuaces. Catorce, que permanecía alerta, se escabulló por entre un par de vehículos; suerte que no corrió Doce, quién resultó muerta con cinco impactos de bala en la cabeza.

Veinte se retiró y desapareció de la vista en muy poco tiempo. Dejó el cuerpo de la mujer tirado entre los autos, aunque no sin antes, darle un último tiro que le despedazó el cráneo.

—Así es el mundo de los criminales —concluyó Dos, al notar mi rostro pálido por contemplar la sangre mezclada con trozos de huesos y girones de carne—, que no te sorprenda.

—Cuando la vi sacar el arma —comentó Treinta—, creí que me dispararía a mí.

—No, si Veinte realmente te quisiera matar, compadre, créeme, ya lo habría hecho.

—¿Por qué te busca? —pregunté recordando la situación de ayer.

—Cuando llegué, quise aliarme con ella, pero su carácter dominante y su difícil genio me hicieron abortar la posibilidad con el paso de las horas.

—Ya veo... —musité, encontrando ilógica la razón por la cual lo detestaba tanto.

—Espera, hermano, hay algo más —tomó la palabra Dos tomando a Treinta por el hombro—. Recuerda que ese mismo día te acostaste con ella ¡y al acabar le dijiste que no sabía moverse! Perro, en serio, le cagaste el orgullo.

Al descubrir la perfecta sonrisa que se dibujaba en los labios del hombre de color, supe que Dos no mentía. Ahí estaba el verdadero motivo, pues una mujer con los antecedentes de Veinte, sí podría tomar represalias por algo así.

Compartí la sonrisa de Treinta, y oteando el entorno dije:

—Será mejor que nos retiremos de aquí, o la Eva de la bazuca nos podrá encontrar.

Dos expandió el plano virtual, y nos condujo fuera del estacionamiento por una calle en donde un letrero anunciaba: Pereza.

—Qué curioso —musité llevando mi pulgar a la barbilla.

—No, en realidad no es para nada extraño, Cuatro —dijo Dos atrapándome con la vista en el letrero—. Todas las calles de esta dimensión hacen alusión directa o indirecta a los siete pecados capitales. Los edificios tienen nombres mucho más grotescos como «La Condena» o «Rincón de Demonios»; creo que es una forma de restregarnos una y otra vez en la cara que somos menos que miserables perros callejeros.

—Condenados, hermano —lo corrigió Treinta.

—Prisioneros, condenados o la mierda que seamos. Que les den por culo a los putos jueces.

Pese a que Dos siempre se mostraba de acuerdo con las penas que pasábamos, finalmente dejaba aflorar su verdadera opinión que no se alejaba de la mía: ninguno de los dos avalábamos nuestra posición en la Procesión, anhelábamos de corazón que las cosas fuesen de otra forma.

Cerca del mediodía, avanzábamos por uno de los tantos callejones empleados como basureros, el cual estaba solitario. Pero al encontrarnos con la calle llamada Envidia, nos cruzamos con Diecinueve. Parecía venir de una pelea muy violenta, ya que traía toda la ropa manchada con sangre. En la zona pectoral se insinuaban impactos de bala. Era más que probable que sus rivales hubiesen sido Evas.

—Hola, muchachitos —saludó Diecinueve, avanzando hacia nosotros con la sonrisa plasmada en su rostro enfermo—. ¡Aquí puedo matar a quien quiera!

—En eso tiene razón —afirmó Treinta—. ¡Tenemos que correr!

No lo dudamos. Echamos a correr encima de nuestros pasos. Como era de esperarse, Diecinueve emprendió carrera tras nosotros sin dar ningún indicio de malestar por las heridas que había recibido. Aquel sujeto no era humano, más bien parecía un verdadero monstruo.

De un momento a otro dejamos de sentir los colosales pasos. Nos detuvimos a un par de metros y, al voltear, descubrí a Diecinueve agonizando con la acerada punta de un arpón emergiendo de su pecho. Se hallaba con el rostro congestionado y ambas manos en torno al metal. La sangre escurría a raudales, y parecía que en cualquier momento se arrancaría el arpón del cuerpo. Por detrás del asesino moribundo, se aproximó el tipo de cabellera blanca, con el lanzador de arpones apoyado en el hombro.

—Tranquilos, este desgraciado ya no volverá a matar nunca más —declaró el hombre sosteniendo la asta que sobresalía de la espalda de Diecinueve—. Esto es por haber matado a mi compañero. Ahora muere ¡como un maldito perro!

Arrancó el arpón del gigante dejando un agujero en medio del pecho. Entonces, Diecinueve hizo ademán de voltearse, no obstante, pese a su gran dureza, la vida se extinguió de sus carnes, desplomándose de bruces, formando un gigantesco charco de sangre bajo su cuerpo.

A continuación, el hombre de cabellera blanca sostuvo el arpón con ambas manos y le propinó varios golpes en la cabeza al caído, desparramando restos en todas direcciones. Una vez que la cabeza de Diecinueve no fue más que un amasijo de carne, ajustó el arpón en el lanzador y se retiró sin siquiera dedicarnos una mirada de interés.

—Él es Nueve, uno de los hombres más peligrosos —dijo Dos mirando de reojo a Diecinueve.

—Sí, ya me di cuenta —comenté en un hilillo de voz.

—Pero no te confundas —intervino Treinta—. Nueve no es un asesino cualquiera. Él no mata por el simple gusto de hacerlo. Si mi mente no me falla, trabajaba para personas del gobierno eliminando personajes específicos, tal como lo haría un sicario profesional.

—Pero si era un criminal protegido por las alimañas del gobierno, ¿por qué está aquí?

—Lo siento, Cuatro, no tengo todas las respuestas —acabó diciendo Treinta.

Miré de soslayo a Dos, y el joven se encogió de hombros. Había cosas que nada más sabría si hablaba directamente con aquellos condenados.

7

—«Camino al infierno» —leyó Treinta en un letrero luminoso situado sobre una gigantesca mampara de cristal—. Sabía que había visto este edificio por aquí.

—¿Qué es esto, hermano? —consultó Dos desconcertado.

—Una armería —respondió el hombre de color avanzando hacia la mampara.

Treinta entró decidido. Con la puerta de vidrio balanceándose a la espalda de nuestro camarada, Dos y yo compartimos miradas confusas. Las armas eran realmente útiles en la dimensión en la cual nos encontrábamos, pero ¿cuál era la urgencia de hacernos de equipo?

—¿Qué crees? —me preguntó Dos.

Me encogí de hombros. No sabía qué decir en aquella situación. Quizás Treinta esperaba incluirse en las matanzas de condenados, o tal vez solo quería tener equipo para resguardarnos de las Evas. De una u otra forma, me daba un poco de miedo andar por ahí con armas de fuego.

—Bueno... al menos creo que será menos peligroso estar dentro del local —dijo Dos.

—Sí, opino lo mismo.

Al ingresar, Treinta revisaba varias pistolas expuestas en un mesón, y detrás de este, lo observaba E22 con una pronunciada sonrisa.

Me sorprendía la belleza infinita tras aquellas imágenes artificiales, ¿acaso las Evas impares serían tan hermosas? Y si así fuera, era aterrador pensar que aquellos angelicales seres estuviesen prestos a matar.

—¿Qué prefieren, muchachos? —preguntó Treinta señalando las pistolas—. ¿Cuál modelo será mejor?

Qué complicado. Jamás me habían agradado las armas, y justo ahora tenía que optar por una. No tomar la posibilidad me podría dejar expuesto a los ataques de las Evas, y en esta dimensión dichos asedios no se dejaban esperar.

—¿Qué opina usted, señorita? —preguntó Dos mirando fijamente a E22.

—Bueno, caballeros, una Glock, una Colt o una Beretta son las mejores opciones. El resto de armas son más para defensa personal, pero casual. Las antes mencionadas son las armas clásicas para golpes. En caso de que desearan mucho más poder, podrían optar por un revólver; aunque esta clase de arma sea mucho más lenta y las recámaras solo alojen un máximo de ocho balas.

—Vaya, ¡estoy seguro que escuché hablar de las Colt en las noticias! —profirió Dos aproximándose al mesón.

—Por supuesto, bro, ¡las usan los traficantes! —le siguió Treinta compartiendo una sonora carcajada.

—Así es, caballeros —asintió E22 regalándoles una resplandeciente sonrisa—. Pero, de igual manera, muchos de los asaltantes emplean Taurus y Famae al ser más fáciles de conseguir.

—Yo preferiría una pistola pequeña —repuse tratando de incluirme en la decisión.

—A ver, señor... —meditó un momento E22 mirando de reojo cada uno de los modelos sobre el mesón—. Tendría que ser una Glock o Famae, son las que tienen modelos más reducidos. Colt tiene su par de cañones recortados, pero son mucho más pesadas.

—¿Cuál de esas es más liviana?

—Perdón, señor, pero son armas de fuego, no pistolas a balines —me respondió la muchacha un tanto disgustada.

—La Famae —tomó la palabra Treinta—. Los modelos de esa línea son más livianos. Y si no me equivoco, sus cargadores son de dieciocho balas.

E22 rebuscó en los espacios dispuestos abajo del mesón y alzó una pistola metida en una funda de cuero. Al recibirla, no solo noté el peso del arma, también una extraña sensación que me recorrió toda la espina. Lo más cercano a un arma de fuego que había sostenido eran los rifles de caza que empleaban la diminuta munición llamada postón. Sin embargo, esta pistola era muy diferente, pues ostentaba la potencia suficiente para matar a una persona.

Tanto Dos como Treinta eligieron Colt. Creo que la fama de aquellas armas las precedía, y al ser tan usadas por traficantes y otros maleantes, los hacían sentir poderosos.

En la calle, al voltear hacia la derecha, Dos y Treinta desenfundaron sus armas. Tres condenados estaban justo al frente, apuntándonos con sus pistolas. Eran hombres de mediana edad que, a juzgar por su manera de apuntar, ya tenían experiencia con las armas, puesto que sus puños ni siquiera temblaban.

—Tres, y sus camaradas —informó Treinta bajando el arma.

—Creímos que eran Evas —contestó el hombre que respondía bajo el nombre de Tres, enfundando a una velocidad impresionante.

—Nosotros pensamos igual.

—Bueno... les presento a Ocho y Veintidós; los mejores elementos en este basural —indicó Tres, mirando de reojo a sus compañeros—. ¿Supieron de la muerte de Veintiocho? Diecinueve lo torturó hasta la muerte. Primero le rompió brazos y piernas ¡con sus propias manos! Y finalmente le atravesó una cañería de cobre por la garganta... realmente, compadres, ese tipejo está cagado del chape.

—Sí, lo supimos por Nueve.

—Uf... El cabeza blanca estaba de muerte —continuó Tres—. Al encontrar el cuerpo de su socio, tuvieron una pelea que llamó la atención de tres Evas armadas con rifles de asalto. No me preguntes cómo, pero Diecinueve se las arregló para asesinar a las tres amenazas ¡arrancándoles la cabeza con las manos!

—Bueno, Diecinueve ya no es una amenaza —añadió Dos incluyéndose en la conversación—. Nueve lo atravesó con un arpón.

Los tres hombres se quedaron mirando en silencio.

De una u otra forma era comprensible la reacción, Diecinueve, en pocas palabras, era un monstruo. ¡Fue tan espeluznante verlo con el arpón atravesado! Dio la impresión de que en cualquier momento se lo arrancaría, arremetiendo con el mismo.

Tras casi dos minutos de silencio, Tres se aclaró la garganta, para finalmente decir:

—Tenía claro que el cabeza blanca era peligroso, pero nunca tanto como para matar a Diecinueve ¡el némesis de la procesión!

—Para que veas, hermano.

—¿Tú eres Dos, verdad? —preguntó Tres aproximándose al joven.

—Así es.

—¿Y el socio que los acompaña? —volvió a preguntar Tres esta vez clavando sus ojos en mí.

—Soy Cuatro —respondí tratando de mostrarme tranquilo.

Tres volvió a carraspear, y rascándose la barbilla anunció:

—Bueno, fue divertido verlos, pero ahora tenemos que marchar hacia otro lugar. Posiblemente, dentro de poco nos volvamos a encontrar.

Los tres hombres llevaron las manos a sus armas, como si verificaran cada cierto tiempo que estaban allí, o quizás para lograr percibir ese generoso contacto y llenarse de quietud. De una u otra forma, palpaban los cañones por sobre la ropa. No obstante, de súbito el rostro de Tres palideció y con voz firme exclamó:

—¡Abajo, mierda!

Obedecimos al instante, y una fracción de segundo después, una ráfaga de balas cayó

devastando un automóvil plateado que estaba estacionado a menos de dos metros de nosotros. Estirado de vientre, me giré hacia el lugar desde donde el vehículo no paraba de delatarnos con la alarma. Entonces, vi como del otro lado de la máquina unas estilizadas piernas de mujer se movilizaban buscando el ángulo preciso para continuar con el asalto. A esta Eva no se le tardaron en incluir tres prototipos más que sin piedad alguna volcaron todo el arsenal que tenían.

Veintidós extrajo una granada de uno de sus bolsillos traseros y le quitó el seguro para luego aventarla por sobre el automóvil. La explosión fue arrolladora, y del otro lado se oían las Evas gimotear. Con la oportunidad sobre los hombros, los tres integrantes de la banda se incorporaron y descargaron los cañones sobre las enemigas. Dos y Treinta formaron parte del contragolpe abatiendo en muy poco tiempo a dos de las cuatro criaturas.

Apreté el cañón de mi arma con la mano derecha. Quisiera o no, tarde o temprano tendría que alzar el arma y disparar. Cuán grande fue mi sorpresa al verme desenfundando el cañón y dirigiéndolo hacia atrás por instinto, porque avanzando entre un deportivo rojo y un bus se aproximaba la Eva de la bazuca, presta a disparar.

—¡Cuidado! —exclamé al tiempo que presionaba el gatillo.

Sorprendentemente impacté a la mujer en el centro del pecho, aniquilándola en el acto. Sin embargo, eso no impidió que antes de desplomarse disparara realizando un esfuerzo sobrehumano. El misil se vino sobre nosotros a una velocidad que excedía a mi comprensión. Con una fuerza que jamás creí desplegar aferré a Dos del brazo y lo arrojé hacia la mampara de cristal. Al tiempo que el joven se estrellaba cayendo de bruces en el interior de la armería, el misil golpeó el capó del vehículo desencadenando una violenta explosión.

Sentí el fuego quemando mi espalda y una mano aferrarse con fuerzas a mi brazo. Seguramente era Treinta, pero a causa de las lenguas de fuego que danzaban sobre mí disparando ardientes fragmentos de metal en todas direcciones, no me atreví a voltear para verificarlo.

Una vez que la explosión cesó, oí varias voces femeninas acercarse rápidamente y comprendí que era momento de regresar a la realidad y escapar de allí.

Me levanté y distinguí a Treinta junto a mí luchando por incorporarse.

A más de veinte metros se hallaban los restos del vehículo consumiéndose, el impacto del misil lo había alejado. En el espacio que se presentaba entre nosotros y el vehículo se avistaba un rastro de sangre y, a menos de un metro de los restos flamígeros, se advertía lo que a simplemente parecía un cuerpo o lo que quedaba de él totalmente calcinado.

Busqué al otro grupo, y encontré a Tres y Ocho sanos y salvos del otro lado de la calle; por lo tanto, los restos pertenecían a Veintidós.

Escuché a Dos recargar, y nuevamente se inició el tiroteo.

—¡Rápido! ¡Corramos hacia la calle que está más atrás! —prorrumpió Tres volcando la carga completa de su arma sobre las Evas.

Al instante obedecimos sin pensar. Nos arrimamos a la pared dificultando que nos dieran un tiro y, mientras corríamos por el costado de los automóviles estacionados, Dos y Treinta no dejaban de disparar. Del otro lado de la calle, Tres y Ocho se escabullían entre basureros y letreros, sin quitar los dedos del gatillo. No obstante, a centímetros de encontrar resguardo en el bus, Ocho recibió un impacto de bala en el costado, arriba del hígado lo que lo desplomó en el acto. Tres, que no pensaba abandonar a su camarada, disparó los últimos proyectiles. Luego arrastrando al caído por las piernas terminaron el trayecto hasta la seguridad del bus.

Desde mi posición ya no podía ver si alcanzarían a llegar, pero guardando nuestras vidas tras los muros de la esquina, pedí por Tres y Ocho.

Cuando vi que hasta la esquina llegaba Tres, arrastrando a duras penas a Ocho, fui embargado por una sensación de alivio. Sin embargo, al divisar el rostro pálido del herido, sumado a que los brazos se avistaban laxos, comprendí que si aún no estaba muerto, pronto lo estaría.

Noté la preocupación de Tres cuando se arrojó de rodillas junto al cuerpo, tratando inútilmente de reanimarlo... ya había perecido.

—¡Tres, está muerto! —le dijo Treinta recargando la pistola.

El hombre le dedicó una mirada confusa. Parecía que asumir la caída de sus dos compañeros era muy difícil. Entonces los tres vimos como el cráneo de Tres era atravesado por una flecha de acero que emergió por entre sus ojos... la sangre se disparó hacia delante, al tiempo que sus pupilas se agitaban en todas direcciones, para finalmente desplomarse de frente, junto al cadáver de Ocho.

Atrás quedó visible la imagen de una Eva armada con una ballesta que Treinta aniquiló de cuatro certeros disparos en la cabeza, que, entre espasmos, la hicieron precipitarse de espalda...

Dos, mirándome fijamente, dejó escapar un profundo suspiro. Luego dijo en un hilillo de voz:

—Así son las cosas en Lantrhia, nunca sabes en qué momento te llegará la muerte.

—Así veo —musité, agobiado por la desesperanza.

Me aterraba pensar que en el tiempo que me quedaba en aquella tierra una bala enemiga me cruzara la cabeza, arrastrándome inevitablemente a la muerte. Lo quisiera o no, era la realidad que enfrentaba. Elevé la vista por entre los edificios y descubrí que restaban minutos para el fin del segundo día.

Me llevé una gran sorpresa al oír que desde varias direcciones se aproximaban más enemigos. Treinta se exaltó, y con voz firme anunció:

—No podremos evitar la confrontación con las Evas, y con el poco tiempo que resta para el fin del día, creo que lo mejor es que corramos por separado. Solo así las podremos despistar.

—Sí, opino lo mismo —asintió Dos.

—¿Te crees capaz de sobrevivir, Cuatro? —me preguntó Treinta con un atisbo de preocupación en su mirar.

—Vamos, tranquilos. Hagámoslo.

—Muy bien —dijo nuevamente Treinta dirigiendo la mirada hacia el camino despejado—. Más o menos a mitad de manzana hay dos callejones, ustedes los tomarán. Será bastante probable que las Evas salgan tras de mí y, como tengo mayor experiencia huyendo de ellas, nos encontraremos en la Procesión.

—Pero...

—Pero nada, Cuatro —me interrumpió el hombre de color—. ¡Corran!

Sin aguardar más, emprendimos carrera.

Justo en el momento en que tomaba la desviación del callejón oí el repiqueteo de los rifles de asalto. Me preocupaba Treinta; por mucha experiencia que tuviese escabulléndose de situaciones peligrosas, nos enfrentábamos a Evas, criaturas sin un gramo de piedad. Si llegaban a agarrar a cualquiera de nosotros, nos reventarían sin titubear.

Al correr entre varios montículos de basura, llegó a mis oídos el estallido de una pistola. Una de las Evas corría tras de mí.

Si me detenía, era hombre muerto.

Las balas pasaban cerca de mí y eran desviadas por alguno de los pilares de metal que sostenían los balcones del edificio de mi costado izquierdo o por la pila de porquería. Me daba mucho miedo ser alcanzado por alguna de ellas y, a pesar de que sentía punzadas en las costillas a causa de la poca costumbre de hacer ejercicio, no dejaba de correr, se me iba la vida en ello.

Cuando el callejón terminó, regresé a la calle y doblé hacia la derecha. A la distancia alcanzaba a distinguir lo que parecía ser una estación de trenes. En aquel lugar lograría ocultarme por el resto de tiempo que durara el juego.

Cuando solo me restaban unos cincuenta metros, oí el cañón de la Eva. Luego avisté cómo una bala brotaba de mi hombro derecho tras atravesar todo mi tejido, incluyendo el hueso, y la sangre salió en grandes cantidades; lo extraño era que no sentía dolor, solo un calor intenso que me daba la impresión de que mi hombro estaba repleto de agua caliente.

Me detuve. El juego había acabado para mí. Era seguro que el proyectil en su paso por mis carnes había penetrado una vena o arteria... por lo tanto, aunque sobreviviera a la Eva perecería desangrado.

Cuando volví a escuchar el estallido del cañón, la fuerza que me indicaba el fin del juego salvaba mi existencia.

Seguramente no era mi tiempo de morir, y le daba infinitas gracias a mi Dios.

Cómo sería mi terror que no estuve pendiente de los cambios en el cielo. Pero ya estaba en mi cama, con la herida en proceso de sanar. De alguna extraña manera, del disparo recibido solo conservaba los puntos por donde había entrado y salido la bala, suturados.

8

Tres golpes suaves llamaron a la puerta.

—¿Quién es?

—Dos, hermano. Vengo acompañado por Treinta.

—Pasen, muchachos.

Los dos ingresaron y me embargó una sensación de alivio muy inmensa al verlos sanos y salvos.

—¿Cómo estás, compadre? —me preguntó Dos tomando asiento a los pies de la cama.

Quise responder, pero al tiempo que me incorporaba, una punzada me cruzó el hombro. Instintivamente me apreté con la mano contraria. Esto preocupó a Treinta que se acercó.

—Cuatro, estás herido.

—¿Es cierto? —inquirió Dos.

—Sí —respondí con voz trémula—. La Eva que me siguió logró darme... no es nada grave, pero me duele un montón.

—¡Mierda! —se dijo Treinta, bastante afligido.

—Tranquilo —le dije sentándome en el lecho con mucho cuidado—. Al parecer, las heridas recibidas en Lantrhia sanan al regresar al tiempo real.

De un momento a otro, la puerta del cuarto se volvió a abrir. Los tres nos quedamos pasmados al ver a la jueza, quien fuera de la Procesión había sido mi mujer, observándonos con el rostro pálido y los ojos a poco de echar llamas.

—¡Regresen a sus cuartos, ahora! —ordenó fustigando a Dos y Treinta con la mirada flamígera.

Sin tener nada que decir pues ella era la autoridad, Dos y Treinta se retiraron de la habitación. Carmen, una vez con la puerta cerrada, echó el cerrojo y ablandando el semblante corrió hasta mi lado volviendo a ser la dulce mujer de la cual me había enamorado descontroladamente. Me tomó el hombro con suavidad, tratando de hacer aflorar las palabras que, en el justo momento que abría la boca, se sofocaban por la angustia. Descubrí lágrimas luchando por brotar de sus ojos, como si fuesen ríos desbordados que jamás cayeron. Seguro que su puesto como jueza se lo impedía.

—Carmen... —musité llevando mi mano izquierda hasta el rostro de ella.

No llegué a tocarla, puesto que me apartó de un manotazo. Luego, me miró fijamente y me propinó una dura cachetada. Con la mejilla escociendo no busqué confrontarla. De una u otra forma, ella no podía dejar de ser la jueza, y yo no era más que un maldito condenado; no tenía derecho alguno sobre su persona, mucho menos de tocarla.

—Vuelves a hacer el intento, y lo juro, Cuatro, te rostizo.

Cuando dijo esto sentí que un afilado puñal se clavaba en medio de mi pecho. Mis sentimientos por ella no habían muerto, y mi garganta poco a poco se iba apretando, ahogando todo lo que deseaba decirle; luego, las lágrimas se fueron aglomerando en mis ojos y nublaron mi visión. No quería mostrarle debilidad, pero mis emociones fueron mucho más poderosas que yo y, desobedeciendo a mi voluntad, los regueros de lágrimas descendieron por mi rostro como verdaderos riachuelos, por más que apreté mis párpados para reprimirlas.

Entonces, la mano de ella me aferró del mentón volteándome suavemente hacia su lado. Oí cuando tomó una bocanada de aire, para un segundo después pegar sus labios a los míos. En aquel instante volvieron a la vida tantas situaciones de cuando aún estábamos juntos, que lograba palpar su infinito amor hacia mí, mientras nuestras bocas se devoraban y nuestras lenguas se entrelazaban compartiendo de nuevo aquel instante que era nuestro, a poco de precipitarnos al ardiente abismo que nos empujaban nuestros cuerpos.

Traté de reprimir mi deseo y mantenerme ante su sujeción, pero no lo conseguí... sin más espera, la rodeé con mis brazos, acariciándola, ansioso de recuperar el tiempo perdido.

Ella respondió de la misma forma, y nos dejamos caer sobre el lecho, besándonos, tocándonos, volcando sobre el otro la pasión.

De una forma extraña, el dolor en mi hombro había desaparecido, y pudimos consumar rápidamente todo aquel amor por tanto tiempo reprimido. Cuando nuestros cuerpos desnudos se rozaron, anhelantes de sentir aquello tan pleno que nos aguardaba en el clímax, me golpearon en la conciencia los recuerdos de las muchas noches que pasé fundido en su piel, entregándome sin detenerme a pensar en el tiempo transcurrido.

Al estar en su interior, ella inició sus gráciles movimientos embriagándome con el contacto de su tersa piel y el calor desprendido de sus carnes.

Cuánto se ocultaba tras aquel acto, tantos intentos con otras mujeres que jamás terminaron en nada; todo por buscar el cuerpo de Carmen, su forma de amar...

Y por fin la volvía a tener. No quería que la noche avanzara. Deseaba que el tiempo se detuviese con mi boca junto a la suya, saboreando aquel amor que anhelaba con tanto arrojo y que, dándome motivos estúpidos, fui capaz de abandonar.

Pero esta era mi oportunidad de aferrarla con todas mis fuerzas y no dejarla escapar más... nunca, nunca más.

Sus movimientos me tenían en la gloria, y advirtiendo la fricción de sus blandos y calientes pechos en mi cuerpo, me desaté, acelerando los bombeos en su interior. Ella despegó sus labios de los míos, regalándome la dulce caricia de su aliento, en compañía de sus gemidos... Cuando nos elevamos hasta la mismísima cumbre de la pasión, nuestros cuerpos convulsionaron, empapados.

Al final nos quedamos abrazados sin decir palabra alguna, únicamente disfrutando del palpitar de nuestros corazones que comenzaban a tranquilizarse, rindiéndonos al sueño.

TERCERA PARTE

DÍA 3

9

Al despertar, casi como si se tratara de una acción refleja, busqué a Carmen. Recorrí el espacio de la cama con mis manos, y no estaba.

Abrí los ojos y la encontré sentada junto al lecho con la misma rigidez de antes.

—Buenos días. Tienes que prepararte para tu último día de los juegos del juicio.

Tomé asiento. Me encontraba vestido. Creo que las delicadas manos de ella me habían arropado y por su suavidad no me logré percatar de nada.

Se puso de pie, y sin decir una sola palabra se encaminó hacia la salida. No deseaba que se fuera así como así y, obligando a las palabras a salir, dije en un hilillo de voz:

—Carmen

No me respondió, solo se detuvo sin llevar la mano a la manilla de la puerta.

—Creo saber por qué estoy en la Procesión... Es por lo que te hice, ¿verdad?

Pensé que no me respondería, y en el momento menos esperado se dio media vuelta con lágrimas en sus ojos.

—¿Qué querías que hiciera? —me increpó luchando por contener los temblores de su voz—. Me abandonaste, sin pensar en el inmenso amor que nos teníamos.

Cómo me dolían sus palabras...

Aquello era verdad. Ambos nos amábamos hasta decir basta, y solo la había dejado por su poco compromiso, sin pensar por un segundo que yo mismo la podría ayudar a cambiar. Nada más me dediqué a pensar en mí, solo en mí, olvidando sus sentimientos.

—¿Ya todo está perdido? —le pregunté conteniendo las ganas que me atacaban de correr a abrazarla.

Enjugó sus lágrimas con la manga de su uniforme, y mirándome fijamente a los ojos anunció:

—Primero, preocúpate de salir con vida. Te queda la última jornada.

Dicho esto, salió del cuarto sin mirar atrás.

Me quedé allí, con mil cosas dando vueltas en la cabeza. Jamás creí verme en esta situación, añorando volver a estar con ella y recuperar esos días en los que ansiaba que las horas laborales se fuesen lo más rápido que pudiesen, para regresar a sus brazos, disfrutando cada segundo embargado por su inmensa ternura.

Al regresar de mi viaje mental, me encontré con Dos y Treinta sentados a los pies de la cama observándome perplejos por mi expresión.

—Imagino —comenzó diciendo Dos recostándose sobre el blando lecho— que tuviste que haber pasado una excelente noche para que hayas quedado así. Llevamos casi diez minutos tratando de captar tu atención, y nada.

—Lo siento mucho. Creo que aún sigo dormido.

—Disculpa, hermano, pero la carita que te gastas no es de sueño precisamente.

—¿Pasaste la noche con la jueza? —me preguntó directamente Treinta.

Sería inútil negar el acontecimiento, por lo tanto, asentí.

Aún recordaba nuestro encuentro, con nuestros cuerpos fundiéndose sumidos bajo el embrujo de la pasión ¡qué no daría por tenerla otra y otra vez! Sin embargo, tal como me lo dijo antes de marcharse, aún quedaba un día más de juicio, y quizás al terminar con este estúpido juego podría recuperar la vida que tenía junto a Carmen, y beber, desenfrenado, momento a momento de su boca.

—Bueno —siseó Treinta mostrándose un tanto desconforme con mi respuesta—... de seguro que aún existen sentimientos de parte de ambos, y guardo la ligera sospecha, mi amigo, que finalmente descubriste la verdadera razón de por qué estás aquí.

Asentí.

—¿En serio? —se exaltó Dos—. ¡Cuenta!

¿Cómo les diría que Carmen me había metido por despecho? Seguro que no me creerían, mas era así. Traté de buscar la mejor forma de explicar mi situación, pero cuando me prestaba a abrir la boca, Treinta me apretó la mano, y mirando fijamente a Dos anunció:

—En ocasiones, es mejor que ciertos detalles de nuestras vidas queden sin revelarse.

Dicho esto, Dos buscó mi mirada, y esbozando una pronunciada sonrisa dijo:

—Tienes razón. Perdón, compañero, usted tendrá sus motivos para guardar silencio.

Bajé la mirada. Me avergonzaba revelar la verdadera razón de mi condena...

10

Restaban escasos minutos para iniciar el último juego y, para ser sincero, me hallaba mucho más ansioso que nervioso. El simple hecho de pensar que al término del día vería a Carmen, me hacía anhelar que el sol se ocultara temprano.

Paseé mi mirada por todo el comedor. Ya éramos muchos menos. De los veintiún condenados que partimos hace dos días atrás, resistíamos diez: Dos, Nueve, Catorce, Veinte y cuatro sujetos más. El peligro seguiría latente en las calles de Lantrhia.

Como todas las mañanas, uno de los jueces dio su discurso; y al igual que en la anterior, no entendí una sola palabra de lo que decía. Me hallaba totalmente ensimismado en mis pensamientos, traté de imaginar qué pasaría por la cabeza de cada uno de los allí presentes: bien si fuese el último día, como lo era para mí y Dos, o para los demás, que restaban menos tiempo para acabar con la condena.

La fuerza nos arrastró depositándonos en el mismo estacionamiento, aunque en esta oportunidad ni un solo prisionero se movió de su lugar. Todos persistimos en nuestras posiciones, mirándonos inquietos unos a otros. Lo que sí, nadie alzó una sola arma, solo arremetimos entre nosotros con la mirada.

—Al parecer todos pensamos lo mismo —comentó Nueve cruzándose de brazos.

—¿En qué pensamos todos, según tú? —lo increpó Veinte mostrándose desafiante.

—Imagino, en que es el último día.

—¿Para todos? —preguntó Treinta.

—Así es —contestó Nueve— hoy terminan los días para todos. Al fin cumplo veinte días en este lugar, así como la compañera.

En la voz del hombre se apreció un atisbo de sarcasmo y Veinte, sin temor alguno, lo confrontó.

—¿Qué te ocurre, Nueve? ¿Ahora vendrás tras de mí?

—Por lógica tendría que ser así —respondió el sujeto de cabeza blanca reposando el lanzador de arpones en el hombro—. He liquidado a casi todos los asesinos que cumplían condena en la procesión. El único idiota que se me escapó fue Veinticinco, que calló en las manos de Diecinueve.

Veinte llevó la mano a la pistola, pero antes de que desenfundara Nueve continuó diciendo:

—Tranquila, reina, no tengo el más mínimo interés

en ti. En realidad, ninguno de los presentes son rivales para un mercenario como yo, con tantos años de experiencia. He matado a tantas personas que ya ni siquiera podría darte un número aproximado. Y créanme, si se me diera la puta gana, los mato a todos sin esfuerzo.

Veinte resopló, luego se dio media vuelta alejándose. El resto del grupo siguió su ejemplo, a excepción de Nueve, que se nos quedó mirando.

—Vi a la jueza salir de tu habitación, muchacho —comenzó diciendo Nueve clavando sus penetrantes pupilas en mí—. Uno de esos jueces es la víctima que anhelo matar. Como hoy se cumplen los días de nuestras condenas, cuando estemos fuera, te voy a buscar y quiero que me averigües el paradero de estos desgraciados.

—Completamente ilógico... si tienes la capacidad de encontrar a las personas, entonces tal como me buscarás a mí, puedes buscar a este juez —le respondí sin medir la consecuencia de lo que podrían desencadenar mis palabras.

—Me encanta esa actitud —se dijo el hombre comprimiendo sus puños—. A pesar de que solo eres un joven corriente, te demuestras tan implacable... despiertas mi instinto asesino.

Creyendo que aquel sicario se abalanzaría sobre mí, Dos y Treinta echaron mano a las pistolas desenfundándolas en el acto. Nueve no se inmutó, pese a que los dos cañones le apuntaban y, entornando los ojos, dijo:

—Entiendan: un cazador de mi categoría solo busca presas que de verdad valgan la pena. Y, aunque los tres se dispongan a matarme, les puedo asegurar que no se darían ni cuenta cuando estén muertos.

Dicho esto, regresó la vista hacia mí.

—Cuatro, por favor, solo te pido ese pequeño gesto.

—¡Bien! Hagamos un trato —le dije mostrándome inquebrantable—. Yo me comprometo a entregarte esa información, pero tú tendrás que evitar que Dos, Treinta y yo, seamos muertos.

Nueve frunció el ceño.

—Qué tramposo. Sin embargo, está bien, y comenzaré desde ahora.

Veloz como un rayo, Nueve giró en su posición disparando su lanzador hacia un grupo de vehículos aparcados en una orilla. Un grito desgarrador reveló el objetivo del depredador: se trataba de uno de los condenados que se desplomó con el arpón clavado en el hombro.

El herido mortal traía un rifle de asalto que se estrelló en el pavimento y, antes de que pudiese ir por el arma, Nueve le disparó un arpón más, atravesándole la garganta.

Con total serenidad, el cazador avanzó hasta el cadáver arrancando de las carnes los dos arpones. A continuación, se giró hacia mí y, mirándome fijo con sus ojos fríos y calculadores, dijo:

—¡Recuerda que tenemos un trato!

Asentí.

Luego, Nueve desapareció en una de las salidas del estacionamiento.

11

—¿Quién era el hombre muerto en el estacionamiento? —pregunté sin poder seguir reprimiendo mi curiosidad.

—Quince —respondió Treinta llevando su dedo pulgar al mentón—. Me sorprendió que hubiese sabido que estaba allí, fue muy preciso al disparar el lanzador de arpones.

Llegamos hasta lo que por la fachada parecía un hotel de cinco estrellas. Sobre la preciosa entrada se leía: «Reposo desgarrado».

—De seguro que Quince creyó tener las pelotas para matar a Nueve —comentó Dos apoyando las manos empuñadas en sus caderas—. Yo, ni en un millón de años, sería capaz de cometer semejante estupidez. Bueno, no lo hice con Diecinueve siendo que lo odiaba hasta las entrañas, menos lo haría con Nueve. Ese sujeto me da miedo.

—De todos modos, fuiste muy valiente en el estacionamiento —le dije a Dos tratando de expresarle mi gratitud—, te mostraste implacable.

—Aunque me temblaba hasta el culo, no dejaría que te hicieran nada, hermano. Era ver cómo te agredía o morir intentando protegerte.

—Es cierto —tomó la palabra Treinta—. No podíamos permitir que aquel idiota te lastimara.

Una sensación extraña me embargó. Saber que dos extraños con los cuales me venía conociendo hacía un par de días se jugaban la vida por mí, me regocijaba. Estoy más que seguro que de los amigos que tenía en el exterior, ni uno solo tendría el valor de hacer algo así. A ellos no les importaban más que sus existencias, y que yo les cumpliera en lo que se les antojara. A veces, somos muy ciegos al escoger la gente que nos rodea.

—Gracias, compañeros.

—No agradezcas, hermano —rechazó Dos apoyándome su mano en el hombro—. Ayer me salvaste de la explosión. Quizás si no me hubieses arrojado contra la mampara en estos momentos estaría tal como Veintidós... rostizado.

—Y antes de ayer, ustedes dos me rescataron de Veinte... muchas gracias —dijo Treinta.

—Nos hemos rescatado mutuamente —añadí, luchando por no hacer notar el nudo en mi garganta.

Un disparo nos puso en alerta. Nos volteamos hacia la calle de atrás, y distinguimos que uno de los condenados corría hacia nosotros, con un impacto de bala en el brazo izquierdo a la altura del codo.

—¡Rápido, corran adentro! —exclamó el hombre señalando el hotel.

Al tiempo que cruzábamos la mampara principal, un grupo de Evas armadas doblaban en la esquina descargando sus armas de fuego.

Una vez dentro, no esperamos que aquellas criaturas criminales nos aniquilaran. Corrimos a resguardarnos en el interior de las salas que funcionaban como recepción y otras oficinas.

Un dispositivo se adhirió a la puerta, dio cuatro pitidos y estalló. La mampara principal se consumió en llamas, fundiéndose por completo. A continuación, por entre las llamas, entraron las Evas. Se trataba de cinco prototipos equipadas con armas de fuego. Dos de ellas portaban rifles de asalto, y las otras tres, pistolas y otros equipos colgados de sus cinturones que, seguro, eran dispositivos explosivos.

El contragolpe dio inicio.

Dos y Treinta, resguardados en el interior de la sala, respondieron al ataque. Las ráfagas de los rifles de asalto eran mucho más persistentes, pero los muchachos trataban de tener la mayor precisión posible para tirar a matar.

Yo aún no tenía el valor suficiente para apuntar mi pistola cuando quisiera. Si bien mi mano se apretaba a la empuñadura de forma instintiva, en el momento que me prestaba a desenfundar mis dedos se crispaban sin dejarme atacar. Solo había disparado en contra de la Eva de la bazuca porque era cuestión de vida o muerte. Creo que para volver a abrir fuego me tendría que hallar en una situación similar, de lo contrario, el cañón continuaría guardado en su funda.

Una de las Evas armadas con pistolas se desplomó con una bala en el pecho.

El abatir a las criaturas estaba resultando muy complicado, ya que se refugiaban tras el largo mesón de recepción, mientras que nosotros solo nos podíamos proteger con los muros y un escritorio que estaba situado en medio de la sala. Todos los artículos sobre el escritorio ya se encontraban despedazados y regados por el suelo gracias a la increíble potencia de los rifles que, con una sola andanada de balas, arrasaban con todo a su paso.

Los rifles dejaron de disparar y, aprovechando el momento que usaban para insertar las recargas, Treinta se atrevió a salir de la protección. La hazaña aniquiló a las cuatro Evas restantes de certeros disparos en la cabeza, acabando con una herida en el brazo derecho, por una bala que le dio a quemarropa.

Mientras Dos corría a ver que las criaturas estuviesen muertas y recoger el armamento, Treinta retrocedía a trompicones hasta conseguir apoyarse en el escritorio. Se presionaba la herida con la otra mano y, pese a que parecía no ser de gravedad, la sangre le escurría por entre los dedos.

—¿Hay algo que pueda hacer? —pregunté descolocado.

—Sí, por favor. Revisa el recinto, quizás encuentres algún botiquín de emergencias. La herida no es profunda, pero está sangrando demasiado.

—No hay problema.

Salí de la sala, y miré en todas direcciones. Salas y más salas; si aquella instalación funcionara como un hotel en nuestro mundo, la primera planta sería administrativa. Me percaté de los elevadores al costado izquierdo del mesón, junto a la ancha escalera.

—¿Hacia dónde vas? —me preguntó Dos dejando el armamento sobre la superficie del mesón.

—Por un botiquín para Treinta.

—¡Mierda! Creí que no era grave —dijo Dos dejando lo que hacía para correr a ver a nuestro colega.

—Tranquilo. —Lo detuve—. La herida no es de gravedad, aunque sangra mucho.

—Se tuvo que romper alguna vena. Trataré de parar el sangrado durante un tiempo, busca el botiquín lo más rápido que puedas por favor.

—Sí, volveré lo antes posible.

Dos se dirigió donde Treinta, y yo fui por los ascensores. Cómo sería mi suerte que ni uno de los cuatro funcionaba. No eran más que adornos en aquel puto sistema virtual.

Subí la escalera corriendo, con la mano derecha siempre en contacto con el cañón. Quisiera o no, me hallaba solo, y estaba obligado a empuñar la pistola si es que me encontraba con una Eva impar.

La segunda planta, fuera de su lujosa confección, no tenía muchos cuartos, a simple vista se apreciaban seis. Avancé lentamente, y cómo serían mis nervios, que extraje el arma de la funda llevándola al frente.

Verifiqué las primeras puertas, se encontraban con seguro. La cuarta no, y luego de girar la manilla empujé suavemente la hoja de madera, quedando impactado con la escena de allí dentro.

Sobre la cama se avistaba una Eva desnuda, maniatada de piernas y manos; y junto a ella, estaba Veinte de pie apuntándome con dos pistolas.

—Oí los disparos en la planta inferior pero jamás creí que se tratara de ustedes —dijo la mujer aproximándose a paso firme—. Pero qué bueno que llegas, así te nos unes al juego.

—Estás demente.

—Así es, querido —respondió ella esbozando una pronunciada sonrisa—. Ahora ¡tira la puta arma!

El miedo se apoderó de mí, y aunque cabía una posibilidad de quitármela de encima si disparaba antes, no fui capaz, y como un maldito cobarde dejé caer la pistola a mis pies.

—¡Patéala hacia mí!

Obedecí. De un puntapié empujé el cañón hasta ella.

—Que no se te ocurra hacer nada, o te reviento la cabeza.

Asentí en silencio.

Sin quitar su vista de mí, bajó por el arma y, luego de mirar el cargador para finalmente guardarlo en su bolsillo, regresó hasta el costado de la cama acariciando con suavidad el pecho de la Eva. Sobre la piel de la criatura se distinguía una ligera película de líquido, Sospechaba que Veinte ya llevaba mucho tiempo divirtiéndose.

—Ven, quiero ver cómo te coges a esta perra.

—Pero...

—¡Que te muevas, mierda! —me interrumpió—. ¡Es una orden!

Mordiéndome la lengua, caminé hacia la cama, y una vez a los pies miré a los ojos a la Eva. Ella se veía serena, incluso disfrutaba el contacto de la condenada. Sabía que cuando la poseyera se dejaría llevar por el momento, entregando el goce que buscaba Veinte.

—Quítate todo —exigió Veinte tomando asiento sobre el velador—. Déjame ver qué es lo que tienes.

Pese a que la situación no tenía nada de romántica, mi cuerpo reaccionó acuerdo al momento. Quizás el morbo me excitaba y, al dejar caer mis pantalones junto con la ropa interior, mi grueso miembro colgaba libre. Aún faltaba para que la erección quedara en todo su esplendor, sin embargo, los ojos de Veinte se pasearon conformes por mi cuerpo, dejando aflorar la lengua en más de una oportunidad remojando sus labios.

—No te mentiré. He visto herramientas mucho mejores: con más tamaño y grosor; pero al menos para sacarme las ganas está bien —señaló Veinte separando las piernas—. Ven aquí, quiero tocarte antes.

Avancé temeroso. Ella me daba gran desconfianza, ya veía que me arrancaba el pene con sus manos. Sin embargo, mis sospechas no se encontraban cerca, pues al tenerme al alcance me apretó el miembro con la mano izquierda, cerrando los ojos cuando deslizaba los dedos por la extensión, sintiendo como se endurecía.

—Mmm..., qué rico, tengo unas ganas tremendas de chupártelo —sentenció retomando la expresión seria—.

Aunque preferiría ver cómo ella te lo hace. Vamos, métesela en la boca.

Tragué saliva.

Cada palabra me calentaba aún más, y lograba percibir cómo mi pene palpitaba descontrolado. Anhelaba sentir la boca de aquella criatura succionar mi pedazo... No obstante, al instante aparecía la imagen de Carmen en mi cabeza... ¿Acaso ella entendería que lo estaba haciendo para conservar mi vida? Tal vez sí, tal vez no; mi amada resultaba ser tan impredecible. De una u otra forma, con la pistola sin dejar de apuntarme era obedecer o morir.

Me subí a la cama, arrodillándome junto a la cabeza de la Eva. Acerqué la palpitante cabeza de mi miembro a la boca de ella, y como si disfrutara demasiado de aquello la engulló con voracidad. El placer que me entregaba resultaba ser embriagador, pues sin esfuerzo, ni algún indicio de molestia, se tragaba el largo hasta la base, como si el espacio dispuesto en su garganta estuviese adaptado para recibir la extensión de un pene, sin importar cuan largo fuese.

Me incliné, apoyando mi mano izquierda en el respaldo, facilitando aún más el sexo oral para que los bombeos, además de llegar hasta el punto máximo, impidieran que el ser sintiera molestias en el cuello con el movimiento.

Desde dicha posición, observé de reojo a Veinte. Se hallaba tan excitada que había dejado la pistola junto a ella, y se daba placer con la mano derecha por debajo de la ropa. Como las prendas resultaban ser muy ajustadas, sin mayor esfuerzo notaba como sus dedos se introducían deslizándose con gracilidad de arriba abajo.

Podía ser el momento perfecto, solo armarme con el valor suficiente, golpearla y arrebatarle el cañón. Y por más que le di vueltas a la misma posibilidad, no me atreví... continué bombeando dentro de la boca de la Eva, no buscando mi placer, sino más bien, sobrevivir.

De un momento a otro, cuando toda la extensión de mi miembro se acomodó en el interior del ser, sentí la puerta al orgasmo, que se vio mucho más avivada cuando la Eva apretó suavecito, forzándome a acabar en su garganta. Me retorcí, y le agarré los pechos con ambas manos, con lo cual la amante compartió parte de mi placer, sin dejar de mamar y finalizar con lametones que se llevaron hasta el último esperma.

Me bajé de la cama, apreciando cómo Veinte acababa en su mano retorciéndose sobre el velador, dejando escapar calientes gemidos... y cuando di un paso atrás la puerta del cuarto se abrió, haciendo ingreso Nueve. Sin decir una sola palabra aquel predador apuntó y disparó. El arpón entró limpiamente en el ojo derecho de Veinte, atravesándole la cabeza de parte a parte. Con el chorro de sangre emergió la aguda punta reventando el cristal de la ventana, y la mujer se quedó con la cabeza extendida hacia fuera, con la asta sobresaliendo del cráneo.

—Un trato es un trato —anunció Nueve recargando el lanzador de arpones—. Le he prestado ayuda al negro, por lo tanto, puedes terminar lo que estabas haciendo con aquella preciosura. Ya no tendrás a la zorra apuntándote.

—No me interesa, no estoy aquí por sexo.

—Como sea —dijo el cazador dándose media vuelta—. Ya cumplí con mi parte, solo espero que al salir de aquí tú hagas lo mismo.

—Descuida, Nueve, así será.

Nueve desapareció del otro lado de la puerta, y miré mi entorno otra vez. La Eva estaba caliente, con ganas de que la cogiera, y Veinte continuaba allí, en la misma posición con la mano aún dentro de sus ropas, acomodada en su sexo, y con la cabeza cayendo laxa hacia fuera con el arpón alojado en su interior.

Me vestí, y tras despojar a Veinte de sus armas, corté las ataduras de la criatura. Una vez libre, la Eva se precipitó sobre mí, besándome y tocándome con gran pasión, como si estuviese hecha para entregar placer. Terminé cediendo ante el deseo dejándome besar y tocar por aquella mujer artificial, embriagadísimo por aquella locura, aquel desenfreno. Nos rendimos sobre el lecho, y en menos del tiempo que me tomó arroparme, perdí una a una mis prendas quedando piel contra piel con la mujer.

La Eva me dejó tumbado de espalda manteniendo así todo el control en sus manos. Esto me permitió entrar por completo, dejándome llevar por los movimientos bajo sus manos. Comenzamos lento, lento, lento, frotando sus ardientes carnes contra mí, sacándome de mi lucidez con el roce sus blandos pechos y su voraz boca, que chupaba y lamía mi cuello, subiendo y bajando, encontrándose en ocasiones con mi boca, metiendo su lengua por entre mis labios.

12

Al estar de nuevo en la planta inferior, me encontré con Dos y Treinta distribuyendo el armamento arrebatado a los cadáveres. Cuando me vieron ambos compartieron una carcajada cómplice, de seguro que Nueve les había dicho lo que estaba haciendo... ¡maldito cabeza blanca!

—¿Cómo estuvo, hermano? —preguntó Dos colgando uno de los rifles de asalto en su espalda.

—Bueno, yo...

—Tranquilo, compañero —me dijo Treinta apoyando su mano en mi hombro—, sé que tú eres mucho más recatado con tus cosas.

Asentí con la cabeza.

—¡Ves! Te conozco bastante bien pese al poco tiempo que nos llevamos conociendo —continuó diciendo Treinta dando un paso atrás—. Aunque hay una cuestión que sí es importante.

—¿Qué?

Le seguí la mirada a Treinta hasta una puerta situada tras el mesón de recepción. Allí estaba el hombre herido que nos alertó de las Evas, y que al momento de ingresar al recinto, desapareció. Luego, entre tantas balas yendo y viniendo, creo que lo habíamos olvidado. Ahora lucía mejor con el brazo vendado.

—Es Trece —dijo Dos revisando el cargador de su pistola.

—Un gusto —le dije rodeando el mesón en su dirección—. Qué bueno que no resultaste alcanzado por los disparos.

—Al entrar me oculté en esta sala —reveló Trece rozando con los dedos el vendaje de su brazo—. Por suerte encontré una maleta con artículos médicos, lo que me sirvió bastante para limpiarme la herida y vendarme.

—Sabes, me pareció muy extraña la presencia de Nueve aquí —comentó Treinta tamborileando con los dedos sobre la superficie del mesón—. Me dio la impresión de que andaba buscando algo o a alguien.

—Puede ser que a Veinte —conjeturé acariciando con los dedos la empuñadura del arma—. Ahora está muerta con un arpón metido en la cabeza.

—No, a ella la mató por casualidad —rebatió Trece apoyándose en el marco de la puerta.

—¿Cómo estás tan seguro? —interpelé sin rodeos.

—Porque me buscaba a mí.

—¿Por qué lo dices? —preguntó esta vez Treinta mostrándose desafiante.

—Por una razón que desconozco, Nueve quiere averiguar el paradero de los jueces, y como soy hermano de uno de ellos...

—Ya veo —musitó Treinta clavando sus ojos en mí—. No fuiste el único.

—No tengo la más mínima idea de qué será lo que busca, mas de algo sí estoy seguro, que no se detendrá hasta conseguirlo.

—Eso no lo dudo —convino Dos apoyando la mano derecha sobre la empuñadura de la pistola.

Quise quitar la tensión del grupo, que se podría cortar con un cuchillo, arrojé sobre el mesón las dos pistolas que llevaba consigo Veinte.

—Creo que les podrían servir —dije descubriendo la preocupación en Dos y Treinta.

—Trece, recoge esas pistolas, te serán útiles —ordenó Treinta encaminándose a la salida.

—¿Qué te asegura que no las usaré en contra de ustedes? —inquirió Trece sin romper su posición.

—Simple —contestó Treinta mirando por encima del hombro a Trece—, sabes bien que requieres ayuda, y solo, dudo que puedas llegar vivo al ocaso.

—Buen punto —reconoció Trece recogiendo las dos armas—. Tranquilos que no deseo más enemigos, muy por el contrario.

Sentía que no mentía, y en su semblante no aparentaba ser un sujeto peligroso. Esperaba no equivocarme.

13

El día pasaba veloz. El atardecer no tardaría más de una hora en mostrar el cielo enrojecido, y ninguno de los tres queríamos un nuevo conflicto armado. Trece y Treinta se encontraban heridos, no de gravedad, pero con los vendajes que ambos traían en sus brazos nos bastaba para el cierre del día.

Nos refugiamos en la estación de trenes abandonada en donde me balearon huyendo de la Eva, creyendo que allí no nos cruzaríamos con un solo condenado. Nunca sospechamos por un solo momento que, al pasar los torniquetes y bajar la escalera en dirección del andén, llegaríamos a las mismas garras del depredador. Justo en medio del andén, con el lanzador de arpones apoyado sobre el hombro derecho y una pistola en la mano izquierda, Nueve nos detuvo.

—Finalmente, después de jugar durante todo el día al gato y el ratón, mis protegidos te traen a mis manos —dijo Nueve llevando el cañón de la pistola en dirección de Trece.

Dos, Treinta y yo, desenfundamos en el acto. No le daríamos la satisfacción de matar a Trece, o al menos, no sin pelear. A pesar de nuestra agresividad, el cabeza blanca no dio indicios de temor, por el contrario, sonrió y, entornando los ojos, preguntó:

—¿Seguros de esto?

Seguimos allí, firmes, aunque soy consciente de que los tres temblábamos por dentro.

—Idiotas... protegen a un sujeto que ni siquiera conocen.

—Lo quieres nada más porque es familiar de uno de los jueces —argumenté mostrándome firme.

—Por supuesto. Quiero el paradero de cada uno de ellos, necesito dar con mi presa —respondió Nueve cambiando por primera vez la expresión de su rostro, de serenidad, a enfado arrugando el entrecejo.

—No pienso decirte nada —rehusó Trece blandiendo una de las pistolas.

Nueve, sin mostrar piedad alguna, presionó el gatillo, impactando en el hombro a Trece. Con un chorro de sangre, el condenado se desplomó hacia atrás, sirviéndose del muro para no derrumbarse en el suelo.

Esto había sido la gota que rebalsó el vaso. Sin temor alguno, los tres disparamos al unísono, y el cazador, con una velocidad completamente anormal, interpuso el lanzador de arpones bloqueando cada uno de los proyectiles. Volvimos a disparar, y en esta oportunidad se arrojó al piso, rodando hacia el costado izquierdo, para un instante después levantarse y arremeter con el lanzador. Dio un golpe directo a la cabeza de Treinta, obligándolo a desplomarse de espalda, inconsciente.

Mientras se arrojaba sobre Dos, impactándolo con el lanzador en el cuerpo, disparé cuatro veces, alcanzando al depredador en el brazo derecho, cadera y muslo. Nueve se retorció, y dejando caer el lanzador de arpones, llevó la pistola adelante, disparando en mi contra. La bala se alojó directo en mi estómago, cerca del hígado. La sangre manaba a borbotones, y cuando el asesino iba a repetir el ataque, un dispositivo explosivo se enganchó a un par de metros de uno de los murales de cristal empleados para emitir la publicidad. El dispositivo estalló despidiendo a Nueve en dirección del andén, mientras que yo me arrojaba sobre Dos y Trece derribándolos para que no fuesen alcanzados por las llamas.

La bala en mis entrañas me dolía un montón, en mi espalda sentía el fuego buscando mi carne. Aun así, no me importaba, no permitiría que mis camaradas perecieran en manos de nadie.

Tras las llamas ya se hacían sentir las ráfagas de los rifles de asalto, por lo que Dos, quien era el único apto para contraatacar, descolgó el rifle que traía y descargó ráfagas de metralla. Las balas iban y venían, siendo el único impedimento de dar en los blancos la humareda dispuesta en medio.

Entonces, el joven extrajo dos dispositivos explosivos y calculando por el sonido de las balas enemigas, los arrojó. Las explosiones no se hicieron esperar junto con los gritos de las Evas.

Fui embargado por la tranquilidad. Si ese grupo de Evas había desaparecido, no quedaba más por hacer, solo aguardar que la extraña fuerza nos sacara de allí como victoriosos de nuestra condena.

Me giré a duras penas hacia el andén, buscando a Nueve, pero de aquel asesino profesional solo quedaba un rastro de sangre. Probablemente, al salir de la Procesión iría por Trece y por mí.

Dos se arrodilló a mi lado y, apretándome la mano, dijo:

—Tranquilo, amigo. Al salir de esta dimensión todas las heridas sanan.

—Ya lo sé —susurré notando el charco que se formaba bajo mi cuerpo.

—Una vez en el tiempo real, búscame; sea como sea seguiremos unidos.

—¿Cómo te encuentro, Dos?

—En la capital, pregunta por el Barón de Tierra Amarilla, así me encontrarás.

Y mi energía vital se desvaneció por completo, aunque antes de ser consumido por la negrura, la fuerza nos comenzó a sacar de Lantrhia... éramos libres.

Oí el murmullo de la lluvia... me hallaba recostado sobre un blando soporte, y a lo lejos escuché la voz de un hombre que me decía:

—Señor, llegamos a su destino.

Abrí los ojos, exaltado.

Miré a mí alrededor, inquieto, como si esperara estar en terreno hostil. No obstante, me encontraba en el taxi estacionado justo afuera del edificio de mi empresa.

—¿Se siente bien, señor? —me preguntó el hombre observándome con cara de espanto.

¿Acaso todo había sido un sueño? No, no; no era posible que hubiera soñado todo aquello, sentí los tres días transcurrir, es más ¡hasta conservaba el dolor en el abdomen por recibir la bala! ¿De qué se trataba aquello?

Golpearon en la ventanilla del copiloto. Allí estaba Germán, mi supervisor, aguardando a que bajaran el vidrio. El taxista pulsó el botón de la ventanilla, y Germán se asomó, empapado.

—Lo siento mucho, señor —se disculpó dirigiéndose al chofer por molestarlo en una carrera que no era suya. Luego añadió hacia mí—. Baja, Rolan, aún restan seis minutos para entrar.

—Sí —dije—. Pago la carrera y corro a marcar.

—Tranquilo, muchacho; esta vez déjame pagar a mí, solo preocúpate de ir a marcar y luego anda al baño. No traes buen aspecto.

Asentí sin tener un solo argumento disponible.

Una vez marcada la entrada, me dirigí al baño. Tenía permiso de Germán así que lo que dijesen los otros ejecutivos, me importaba una mierda.

Empapé mi rostro, quizás solo necesitaba de una remojada. Luego me contemplé en el espejo. Estaba demacrado, como si realmente hubiese vivido aquel sufrimiento en la Procesión, pero ¿cómo explicaba que los tres días no hubiesen transcurrido? No era posible bajo ningún punto. Ni siquiera con un fenómeno paranormal le podía dar cabida a semejante locura.

Resoplé fastidiado, y cuando me dispuse a ir a la plataforma Germán ingresó observándome preocupado.

—Rolan, insisto, no te ves para nada bien. ¿Quieres que te envíe al médico?

Negué con la cabeza. No estaba enfermo, solo confundido. Sin embargo, si le dejaba saber mi malestar a Germán, a pesar de la confianza que existiese entre nosotros, no me creería.

—Rolan, por favor.

—Germán —lo interrumpí—. ¿Qué sabes del Barón de Tierra Amarilla?

—Mmm... —meditó un momento la respuesta, luego me dijo—: No sé qué tiene que ver eso con lo que te ocurre.

—Amigo, no me sucede nada; simplemente creo que no dormí bien.

—Bien... Por lo menos, eso es algo y explicaría las ojeras. Bueno, tengo entendido que el Barón de Tierra Amarilla es un dibujante de cómics.

—¿Dibujante de cómics? —inquirí perplejo al descubrir que Dos sí existía.

—Sí —respondió Germán apoyándose en el lavamanos—. ¿Te interesan alguno de sus volúmenes?

—No. Más bien, me interesa dar con el paradero del Barón.

—Mmm. Tú sí que eres extraño, Rolan —aseveró él, encogiéndose de hombros—. Tengo un amigo que lo conoce, a la hora del almuerzo le llamaré.

—¡Gracias, hermano! —exclamé eufórico.

Germán se volvió a encoger de hombros. Sin querer

preocuparlo más, me sequé el rostro para luego salir a cumplir con mis obligaciones como ejecutivo.

CUARTA PARTE

LA BÚSQUEDA

14

Al terminar la jornada, con el contacto de Germán anotado en mi agenda, me aventuré a la calle. Tenía que buscar a un sujeto llamado Eduardo Gaete, y su oficina no estaba muy lejos. En un taxi no tardé en encontrar la dirección. Era una notaría.

Germán dijo que me esperaría hasta las ocho de la noche, y restaban treinta minutos para que se cumpliera dicho plazo. ¡Perfecto!

Salí corriendo del coche y subí a largas zancadas la escalera de entrada, saltando los escalones de dos en dos. Tales eran mis ansias de descubrir si realmente Barón de Tierra Amarilla era Dos; que, si era él, quería ver si recordaba como yo los días vividos en la Procesión.

En la entrada se balanceaba un letrero que decía «cerrado», de todas formas, lo ignoré y entré con el corazón palpitando de felicidad.

Una vez dentro, avisté iluminada la oficina del fondo, donde advertí un hombre maduro, ensimismado en una pila de documentos almacenados en un grueso archivador. Al oír la puerta de entrada, el sujeto alzó la mirada y me invitó a acercarme con su amigable sonrisa.

—Tú debes ser Rolan —abordó el hombre, mientras se ponía de pie extendiéndome la mano.

—Sí —afirmé, respondiendo a su saludo.

El apretón de manos fue firme e impregnado de gran seguridad, por lo que supe que era un hombre de fiar.

—Bueno, soy Eduardo Gaete, amigo del Barón de Tierra Amarilla.

—Señor...

—Dime Eduardo, por favor —me interrumpió el hombre mientras regresaba a su lugar—. Tengo cuarenta años, y si me tratas así, ¡me haces sentir como de ochenta!

—Muy bien, Eduardo.

—Así está mucho mejor —indicó él esbozando una pronunciada sonrisa—. Vamos, Rolan, toma asiento, y cuéntame con confianza lo que te trajo aquí.

Me acomodé y busqué cuidadosamente mis palabras. Por ningún motivo podría insinuarle algo con respecto a la Procesión. Estaba claro que una persona con los pies en la tierra no creería tamaña historia, por lo tanto, resultaba primordial hallar la excusa perfecta para que me comunicara con el Barón, o de lo contrario, me tendría que retirar sin lograr mi objetivo.

Eduardo se quedó mirándome con fijeza. Tenía el brazo izquierdo sobre la mesa y el derecho, recogido de tal forma que sólo apoyaba el codo, sostenía su mentón. Los ojos de este hombre reflejaban paz, como si en su interior no llevara preocupaciones ni inquietudes. Cabía una ligera posibilidad de que, si creyera mi verdadera razón, aunque me daba miedo el simple hecho de narrarle lo acontecido en la Procesión, o en la tierra virtual de Lantrhia.

—Lo que ocurre, es que como soy un fiel seguidor de sus tirajes de cómics, esperaba conocerlo en persona, y ver si me podía facilitar los primeros números.

Estoy seguro que mi excusa fue un asco, y me quedó mucho más claro cuando Eduardo dejó escapar una sonora carcajada apretándose el pecho.

«¡Trágame tierra!», me reprendí, mientras me pellizcaba la pierna por debajo de la mesa. Podría asegurar que lo más chistoso de esta situación no eran mis palabras, sino más bien el rostro de idiota que debía tener.

Cuando se serenó, se inclinó hacia mí, diciendo en tono jovial:

—Lo siento mucho, pero creo que tendrás que buscar una mejor excusa. Se nota demasiado que no eres lector de cómics por tu personalidad tan retraída. Por lo general, cuando algún seguidor del Barón busca verlo, se muestra tal cual es, arrasando con su personalidad extrovertida.

—Ams...

—Vamos, Rolan, confía en mí.

—Bien —claudiqué, dejando escapar un profundo suspiro—. Sé que es una historia difícil de creer, pero bueno... veremos qué pasa.

—Ya, vamos. Desembucha, como dirían en mi adorado campo.

—Al Barón lo conocí por el nombre de Dos, cuando estuvimos en la Procesión...

Quedé en silencio al descubrir que la expresión divertida de Eduardo se endurecía.

—¿Estuviste en la Procesión? —me preguntó mirándome fijo.

Asentí.

—Ya veo... él viene hacia aquí. Por cuestiones familiares tuvo que viajar a Tierra Amarilla. El bus llega por la mañana. Una vez que ponga un pie en la capital, le diré que lo buscas.

—Muchas gracias.

—Por favor, anota aquí tus datos de contacto —me indicó acercándome una libreta de bolsillo junto con una elegante pluma metálica.

Solo me restaba confiar en la palabra de Eduardo.

Tal como me dijo, apunté mi nombre junto con mi número personal, además de mi dirección. A continuación, nos despedimos. Anhelaba descansar, o bien, meditar a solas los acontecimientos recientes un poco más.

15

Una vez en mi departamento me embargó la angustia. Era una estupidez, pero extrañaba muchísimo la Procesión, como si hubiera estado tres días en otro lugar. Aún no conseguía asimilar que la visita a ese sitio solo me tomara un par de minutos, sino que prevalecía la noción de haber estado mucho más que eso.

Al encender la luz de mi habitación me percaté de que el computador portátil permaneció encendido todo el tiempo que estuve fuera. Mostraba la bandeja de entrada del correo electrónico y, por si lo que sentía fuera poco, descubrí que uno de los mensajes nuevos era de Carmen. En el asunto se leía: «Feliz regreso a la realidad». Un indicio más de que la Procesión era real.

Abrí el mensaje e inicié la lectura:

> *Buenos días, buenas tardes, o buenas noches; dependiendo de a qué hora estés leyendo este mensaje.*
>
> *Sé que la cuestión de la Procesión es algo difícil de asimilar, en especial al darte cuenta de que no transcurrieron más allá de un par de minutos en el tiempo de la vida real. Cuando comencé con mi labor como jueza tampoco asimilé enseguida estos cambios, pero, al compartir con los otros jueces, con el paso de los días acabé descubriendo lo que se ocultaba tras aquella dimensión paralela creada por verdaderos genios.*
>
> *Pero el motivo real de este mensaje no es entregarte un informe sobre cómo funciona la Procesión, sino más bien pedirte..., rogarte que te cuides.*
>
> *Sé muy bien lo que te pidió Nueve, y estoy al tanto de que en este justo momento te busca incansablemente. Por lo mismo es que en estos momentos voy viajando de regreso al país en un vuelo privado en compañía de otros tres jueces.*

Te aclaro, Rolan, que no regreso para cuidarte, ni mucho menos para continuar lo que comenzamos la segunda noche. El principal motivo de mi regreso es la seguridad del cuarto juez, que, por cuestiones laborales, lleva casi dos semanas en el país.

Cuídate, por favor; y espero, por tu seguridad, que en mi regreso al país no nos crucemos, o podrías correr un grave peligro.

¿Sería verdad lo que decía? Bueno, si Nueve me llegara a atrapar, seguro me torturaría hasta la muerte, o bien me mataría sin preguntar. Si es que aún vivía, claro, ya que vi los impactos de bala en su cuerpo; además de que recibió gran parte de la explosión. Si a pesar de todo ello seguía con vida, se aplicaría el dicho: hierba mala nunca muere.

Entré a la ducha y luego me dispuse a dormir. Faltaban minutos para la medianoche, y al día siguiente tendría otro día de trabajo. Pero en el justo momento en que cerré los ojos queriendo arrojarme en brazos de Morfeo sin el temor de que un condenado me fuera a matar, comenzaron a pasar por mi mente las imágenes de Lantrhia; en especial las que mostraban las muertes.

Los tres condenados que murieron electrocutados desde adentro hacia fuera, Seis con la viga empalada en sus carnes, Veinticinco con el cuello partido, Doce baleado, etcétera. Cada muerte, hasta la última. No conseguí darme cuenta cuando al fin me quedé dormido.

16

Antes de que la alarma sonara, entró una llamada a mi teléfono móvil y, como no lo había dejado en silencio, retumbó en el cuarto. Alargué la mano hasta el velador y aferré el teléfono con torpeza. Traté de responder lo más despejado posible, pulsé el ícono de la pantalla.

—¿Hola?

—¡Sí, eras tú! —exclamó la voz de Dos—. ¡Cuatro!

—Hola, Dos, qué gusto escucharte.

—Sí, amigo, lo mismo digo. Aunque aquí no me llames Dos, soy Ignacio; pero tú puedes llamarme Nacho.

—Muy bien, Nacho.

—Te diré que tengo malas noticias. Nueve sobrevivió y, por lo que me dijo Ronaldo, ya está en proceso de buscarte.

¿Buscándome? Ese tipo era un asesino profesional que seguramente contaba con muchos contactos dentro del país. No me extrañaría que en muy poco tiempo lo tuviera pisándome los talones, o incluso llamando a la puerta. Como había dicho Carmen, debía cuidarme.

—Imagino que Ronaldo es Treinta —dije mientras cruzaba los dedos para que así fuera, ya que en el último tramo en Lantrhia, el cabeza blanca lo había dejado inconsciente.

—Claro. No me tomó mucho tiempo encontrarlo. De quien no he sabido nada, es de Trece. Me preocupa mucho que Nueve lo atrape antes.

—Quizás murió en Lantrhia.

—No, Rolan, antes de que la fuerza nos llevara al tiempo real, aún respiraba; y como bien sabes, al salir de la dimensión de Lantrhia, todas las heridas sanan de forma instantánea.

—Qué bueno.

De verdad me alivió oír que los dos vivían. Aunque ahora se presentaba un enorme problema, y era reunirnos antes de que el cabeza blanca nos cazara uno a uno.

—Rolan, juntémonos después de tu trabajo, en el Mall del Centro.

—Perfecto. Hasta la tarde entonces.

—Buen día, amigo.

—Buen día, Nacho.

Tras cortar la llamada me arreglé lo más rápido que

pude. Era sorprendente cómo se iba el tiempo hablando por teléfono.

Cómo sería mi fortuna aquel día, que el ascensor se encontraba averiado, así que tuve que bajar cuatro pisos por la escalera. Al llegar a la conserjería, casi me caí de espaldas. La cortina metálica que protegía el edificio durante la noche aún estaba abajo, y en el suelo de cerámica se veía sangre esparcida por doquier. Busqué al conserje, pero me quedé de piedra cuando lo encontré. El hombre estaba sentado en su sillón tras el escritorio del lugar, con la cabeza colgando laxa hacia atrás y la garganta abierta en canal.

Avancé a paso lento, sin tener la más mínima idea de cómo reaccionar. Iba en las nubes, descolocado por la escena que había presenciado. Cuando por fin sentí que pisaba tierra firme, me puse a buscar el teléfono móvil para llamar a la policía.

En eso estaba cuando Nueve salió de la sala de correspondencia. Lucía imponente, vestía ropas militares y sostenía un largo cuchillo curvo.

—Dije que vendría por ti, Cuatro —se anunció el asesino, girando con gran destreza el cuchillo en el puño.

—¡Este es el último crimen que cometes! —proferí pulsando el botón de la alarma.

Solo era cuestión de minutos. Aquella alarma ponía en alerta no solo a los guardias de los edificios contiguos, sino también a las patrullas que se hallaban más cerca del lugar, así que, por mucha habilidad que el sicario tuviera, no podría huir. No obstante, Nueve no se mostró asustado, por el contrario, estaba muy tranquilo. De repente, arrojó el cuchillo al cuerpo del conserje muerto, dejándolo hincado hasta el mango en el abdomen del pobre hombre. Luego clavó sus frías pupilas en mí, y con voz gélida afirmó:

—Esto no es más que una advertencia. Será mejor que cumplas con lo pactado, o eliminaré a tus más cercanos uno por uno.

Dicho esto, corrió hacia la sala de correspondencia. Antes de poder alcanzarlo se escuchó un estallido de cristales.

Extraje el móvil, y antes de llamar otra vez a la policía, le respondí el correo electrónico a Carmen:

> *Cuánto lamento decirte esto, pero el cabeza blanca ya me encontró.*

Luego, levanté la cortina metálica, y me sentí mucho más tranquilo al ver la patrulla estacionarse frente al recinto.

QUINTA PARTE

CACERÍA

17

Buenos días.

Parece que lo hemos subestimado. Jamás imaginé que llegaría tan rápido a ti.

Dame hasta la noche para encontrarte una nueva vivienda, donde puedas quedarte mientras dure la crisis.

Por favor, no te expongas.

Las palabras de Carmen no me tranquilizaban para nada.

Si bien al conserje no lo conocía muy de cerca ya que solo llevaba días en el puesto, verlo allí con la garganta abierta y sus ropas teñidas de rojo, al igual que el suelo, me hacía temer por cada uno de mis conocidos.

Al ser el único testigo del ataque de Nueve, perdí toda la mañana con los oficiales encargados del crimen. Lo único bueno fue que no me tomaron como sospechoso gracias a que, en primer lugar, no estaba manchado de sangre y, en segundo lugar, las huellas en la empuñadura del cuchillo se hallaban en los registros policiales. Sin duda, el cabeza blanca tenía mucha experiencia en estas cosas, puesto que por más que las patrullas se esmeraron en sondear las cercanías, no lo atraparon.

Le avisé a Germán de lo ocurrido y respondió que me despreocupara, él se encargaría de justificarme con los superiores. Ahora, solo tenía que juntarme con Nacho para determinar los pasos a seguir.

Empujé la taza vacía hacia el centro de la mesa y, tras verificar la hora, respondí el mensaje de Carmen.

Alcé la mirada y oteé todo el entorno. Me preocupaba ver en cualquier momento aquella maldita cabellera blanca. El temor me carcomía, ya que la cafetería estaba casi vacía; si no hubiese sido por una pareja situada en una de las mesas junto a las ventanas que daban hacia la calle, sin contar a la mesera y los cocineros, sería el único en el local.

Sabes, Carmen, lo que más me fastidia de esto, es que este criminal me persigue por ustedes, solo para eliminar a uno de los jueces. Espero que puedan controlar esto rápido, o buscaré como tomar medidas.

No me di cuenta de cómo pasaron las horas, y llegó el momento de encontrarme con Nacho.

Trataba de hacerme una imagen mental de cómo luciría, tomando el único elemento de su vida real que conocía: su seudónimo El Barón de Tierra Amarilla. Me repetí este seudónimo una y otra vez, visualizando al muchacho vestido de etiqueta, con una corbata amarilla. Esa imagen se me hacía muy graciosa, en especial si le añadía una lapicera amarilla metida en el bolsillo del terno, junto con una libretita empastada en cuero. Me reí durante un momento más, mientras subía la escalera mecánica, y continué imaginando a Ronaldo. No guardaba antecedentes de su ocupación, pero me lo imaginaba vestido con una camiseta blanca sin mangas, a juego con unos jeans negros ajustados. Todo un machote deportista.

Supuse que nos reuniríamos en el patio de comida. Bueno, reconozco que eso era lo que mi estómago pedía.

Al estar en el segundo piso, oí el pitido de la llegada de un nuevo correo electrónico. Apostaba que sería de

Carmen. Al salir de la escala mecánica me quedé en un costado, saqué el móvil y verifiqué que mis sospechas eran ciertas. Carmen había respondido a mi último mensaje:

> *Tranquilízate, Rolan, créeme que eres mi prioridad, no tengo ganas de que te pase nada.*
> *Por favor, envíame tu número personal para enviarte los datos de la vivienda, y claro, poder llamarte cerca de la medianoche.*

Me indignó su actitud. De mala gana le envié el número. Esperaba que realmente buscara un lugar donde refugiarme de aquel cazador.

—¡Vaya, qué gusto, Cuatro! —De pronto, escuché la voz de Dos.

Mientras guardaba el teléfono en el bolsillo alcé la mirada, encontrándome con mis dos camaradas de la Procesión, aunque verlos sin aquel traje azul que todos por obligación debíamos llevar, fue una de las cosas más extrañas que he visto. Dos vestía *sport*, con un buzo azul marino completo, cuya parte superior estaba abierta, por lo que se veía que llevaba una camiseta de algodón blanca con cuello redondo. Lo único elegante en él eran sus zapatillas de marca, que mostraban un logo en blanco y negro. Por el contrario, Treinta me dejó la boca abierta. De etiqueta, con pantalón de gabardina negro a juego con sus finísimos zapatos de cuero; lucía un saco gris y camisa blanca que remataba con una preciosa corbata cuadrillé.

Me tapé la boca con la mano, conteniendo la risa. ¡Cómo pude imaginarlos a la inversa! Dos el deportista, y Treinta el ejecutivo; vaya que estaba equivocado.

—Qué gusto verlos, muchachos. Dos, Treinta.

—Ya te dije, hermano, soy Nacho —corrigió el muchachito quitándose la gorra azul que usaba con la visera vuelta hacia atrás.

—Y yo, Ronaldo.

—Sí, lo sé —respondí sonriendo—. ¿Vamos a comer algo?

—Por favor —dijo Nacho, apretándose el estómago—. Me muero por una hamburguesa triple con extra queso.

—Qué típico de ti, compañero —musitó Ronaldo metiendo la mano en uno de los bolsillos de su saco—. Vamos, los invito.

¡Pedimos comida como para diez personas! Quince hamburguesas triples con extra queso, tres porciones grandes de papas fritas, una docena de *nuggets*, una docena de empanadas con queso y tres bebidas grandes.

—Ams... ¿A quién se le ocurrió la fantástica idea del menú? —pregunté observando perplejo las cuatro bandejas.

—A papá —respondió el muchacho golpeándose el pecho.

Me sorprendía la voracidad de Nacho. Lo miré de pies a cabeza, y por más que lo pensé, ¡no se me ocurría la más mínima idea de donde se metería tanta comida! Él, además de ser el más joven de los tres y el más delgado de todos, al parecer, también era el más bueno para comer.

—Agradezco que solo sea comida rápida —declaró Ronaldo, guardando una tarjeta plateada en un exquisito tarjetero de cuero—. A la hora de invitarlo a un restorán de los que visito con mis socios, ¡Me deja en bancarrota!

—No lo dudo —murmuré recogiendo dos de las bandejas—. ¿Vamos hasta el centro?

Los dos asintieron levantando las otras bandejas.

Camino a las mesas del centro del patio de comida me arrepentí mucho de ir hacia allá. ¡Toda la gente nos quedó mirando! Nos observaban como si fuésemos bichos raros, cuando la realidad solo era que comería con un muchacho que tragaba como aspiradora.

Ya iba por la tercera hamburguesa cuando mi estómago protestó. No entraba más. Había arrasado con la porción de papas fritas, dos empanadas y la bebida... qué manera de comer. Ronaldo se veía refinado, pero entre bla, bla, llevaba cuatro hamburguesas, creo que como ocho nuggets, una empanada y la bebida; ni comparación con Nacho, que de todo lo restante, nada más quedaba la hamburguesa que comenzaba a morder.

En la boca del negro resaltaron unos relucientes dientes. Al igual que yo, estaba boquiabierto con la forma de engullir de nuestro camarada más joven, y por lo que se apreciaba, tanta comida ni siquiera le había hecho emerger la barriga.

—¿Qué pasa, hermano? —inquirió Nacho inquieto.

—¿Dónde metes tanto?

—Lo mismo me pregunto yo —dije acariciándome el abdomen.

—Hermano, un artista tan talentoso como yo, requiere de cantidades elevadas de comida, de otra forma no podría crear ¡al Barón!

Quise responder a ese comentario, pero sonó mi teléfono. Creo que se me notó la preocupación en el rostro, ya que Nacho y Ronaldo se quedaron observándome seria y fijamente.

—¿Sucede algo, Rolan? —me preguntó Ronaldo.

—Bueno... Carmen quedó de enviarme la dirección de mi nueva vivienda temporal.

—Imagino que Carmen es la jueza ¿verdad? —preguntó Nacho acomodándose la gorra.

Asentí en silencio.

Como los muchachos no dijeron una palabra más, saqué el teléfono y era tal cual lo sospechaba, un mensaje de texto con la dirección.

Ronaldo se puso de pie y, buscando en el bolsillo de su pantalón, me dijo:

—Dame la dirección. Le pediré a Michel que nos lleve.

—¿Michel? —pregunté curioso.

—Sí, hermano; este pedazote de negro tiene tantos fondos en sus cuentas, que dispone de un chofer.

—No lo creo.

—Vamos, Nacho, si no es para tanto —reprendió Ronaldo acariciándose la cabellera en señal de incomodidad.

—¿Cómo que no, hermano? ¡Si eres todo un empresario!

Salimos del mall, y en una calle contigua nos esperaba un bellísimo Lottus azul con vidrios polarizados. Junto al vehículo aguardaba un inmenso hombre apostado al costado de la puerta del copiloto. Este hombre vestía de mezclilla, en tonalidad negro azabache, haciendo resaltar su piel pálida y pequeños ojos verde agua.

Ronaldo se nos adelantó saludando de manos al hombretón que casi medía dos metros.

—Compañeros, les presento a Michel, mi chofer.

—Un gusto —saludó el hombre extendiéndonos la mano.

El contacto con aquella manaza fue arrollador, ¡por poco creí que me rompería todos los huesos!

—¿A dónde vamos, señor? —preguntó Michel.

—Aquí —respondió Ronaldo entregándole un pequeño pedazo de papel en donde aparecía la dirección. Luego se volvió hacia nosotros—. Vamos, muchachos, suban.

Mientras nos metíamos en la parte de atrás, alcanzamos a oír cuando Michel dijo:

—Está apartado del centro, pero no nos tomará más de treinta minutos llegar allí.

—Muchas gracias, Michel.

—De nada, señor.

Una vez dentro de la máquina Ronaldo conectó su mirada con la mía por el espejo retrovisor impregnándome de seguridad. A continuación, Michel arrancó.

18

Llegamos a un terreno en construcción en donde se alzaba una casa de dos pisos ya terminada. No tenía muros de concreto, cerca de metal, ni siquiera una miserable reja de madera, solo un patio abierto.

Michel aparcó a un costado del camino asfaltado, y bajamos del vehículo. Nos aproximamos a paso lento hacia la casa y, al estar a menos de cinco metros de la puerta, un silbido nos colocó en alerta. Nos giramos al unísono, contemplando cómo bajo el manto de la noche aquel automóvil tan lujoso volaba en pedazos.

Un misil, que nadie supo desde donde lo dispararon, impactó la carrocería por el frente, arrojando entre las lenguas de fuego los fierros ardientes de tan elegante máquina. Lo último en dar tumbos fue la tapa de la cajuela bañada en fuego, que se azotaba a un par de metros de nosotros.

Desde ambos lados del camino se aproximaron tipos de negro equipados con varas de metal. Cuando estos enemigos estuvieron a unos veinte metros, conté seis figuras encapuchadas, y antes que cualquiera de nosotros tres moviera un dedo, Michel se apostó al frente, quitándose la chaqueta de mezclilla.

Uno de los extraños se adelantó, y Michel, con una destreza envidiable, levantó la pierna derecha, giró la cadera, y le propinó un feroz puntapié en el centro del pecho que lo hizo volar hacia atrás, cayendo de espalda sobre los fragmentos del vehículo consumidos en llamas.

—Ronaldo, hermano, recuérdame por favor que no me tengo que pelear nunca contigo —bromeó Nacho apretando el antebrazo del negro.

Me dio mucha risa ver la expresión jubilosa de Ronaldo. Eso cortaba parte del ambiente tenso.

Regresando nuestra atención a lo que era el campo de batalla, vimos que el caído se levantó dando alaridos, quitándose la capucha que se consumía por las voraces llamas.

El resto de los pandilleros se prepararon a atacar, pero una voz los contuvo:

—¡Alto!

Los hombres, inquietos por este séptimo sujeto, dieron un paso atrás y desde el costado derecho apareció el responsable de la destrucción del Lottus. Se trataba de un hombre casi del tamaño de Ronaldo, un metro ochenta aproximadamente, cabellera rubia y penetrantes ojos azules. Vestía jeans negros, a juego con las botas que le llegaban a la mitad de la canilla, chaqueta de cuero, y accesorios que, a juzgar por el brillo, parecían ser de plata. Este hombre era un personaje hollywoodense en vivo y en directo, mostrándose imponente con la bazuca que traía apoyada en el hombro.

—Qué fastidio —rezongó el líder de aquellos matones avanzando sin temor hacia nosotros y, centrando aquellas frías pupilas en mí, continuó diciendo—: ¡El Lobo Blanco nos envió!

¡Lobo Blanco! Creo que se refería a Nueve. Maldito cabeza blanca, me perseguiría hasta el fin de la tierra.

—¿Y a mí qué? —respondí, dando un paso al frente—. Él me pide una cuestión imposible. Dile ¡que no tengo la más mínima idea del paradero de los jueces!

Me sorprendió mi reacción. Yo, siendo tan cobarde, y tomo ese tipo de actitud con un sujeto que nos podría volar en pedazos con sólo apretar el gatillo. Sentí arrepentimiento cuando aprecié el entrecejo arrugado de este tipo.

—Qué valiente —musitó el hombre retrocediendo—. ¡Acábenlos!

Los seis hombres se abalanzaron con las varas en el aire.

Michel, como un fiero guardián, no se amedrentó; antes bien, le hizo frente a la pandilla completa. Evadió dos golpes de arriba hacia abajo, y con la distancia precisa lanzó una patada de izquierda a derecha, derribando a los atacantes. A continuación, pisó firme con la pierna izquierda y giró su cuerpo en trescientos sesenta grados, casi arrancando la cabeza de un tercer hombre con el pie derecho. Luego alcanzó una de las varas metálicas con la mano derecha, apartando a dos tipos más de un duro contragolpe en el proceso. Enseguida arremetió con puño y cabeza, terminando por desplomarlos a todos.

Quedando en pie únicamente el hombre precipitado a las llamas, comenzó con un intercambio de golpes, obligándolo a retroceder al aumentar la fuerza de cada mandoble.

Entonces, los primeros hombres derribados se volvieron a incorporar, aferrando sobre sus cabezas las varas. Quise poner en alerta a Michel, pero con unos reflejos únicos, alejó a su rival con un poderoso golpe, y en el mismo impulso se giró agachándose, cogiendo por la pierna izquierda al tipo más próximo. Lo alzó del suelo con una facilidad extraordinaria, aventándolo sin mayor problema sobre su camarada. Luego giró en su lugar, alcanzando en el pecho al tipo sin capucha, sacándole el aire con la vara. Mientras su víctima caía a plomo, regresó con los dos sujetos de atrás, asestándole una feroz patada a cada uno en el abdomen, que no solo los arrastró por la tierra, sino también los dejó inconscientes.

El líder de la banda dejó caer la bazuca y, enseñando las manos desarmadas, retrocedió advirtiendo:

—Por esta noche ganaron; pero les prometo que regresaré.

Dicho esto, echó a correr por el mismo lugar que apareció.

Michel, con la misma calma que tanto lo caracterizaba, se giró hacia nosotros, esperando las órdenes de Ronaldo.

—No lo sigas, podría ser una trampa. Llama a la policía.

—Sí, señor.

Tal como pasó con el asesinato del portero, los oficiales no atraparon a ni un sospechoso en las cercanías. Era como si se los hubiera tragado la tierra. No obstante, se llevaron detenidos a los seis sujetos que Michel redujo sin mayor esfuerzo, recogiéndolos como si se tratara de verdaderos costales. Con la paliza que les había dado el grandullón, no me sorprendería que no despertaran en una semana.

En tomar nuestras declaraciones y esperar a que los oficiales encargados de registrar los alrededores regresaran, llegó la medianoche.

La casa resultó grande y acogedora, con los muebles necesarios para habitar cómodos por el tiempo que fuera necesario. En la primera planta estaba el living comedor, la cocina y un baño amplio; en la superior, cuatro dormitorios, además de un baño pequeño.

Al recostarme en la cama, sobre el cobertor acolchado, entró una llamada a mi teléfono móvil. Vi en la pantalla del teléfono que se trataba de un número desconocido, posiblemente Carmen.

—Hola.

—Rolan, soy Carmen. No tienes que decirme nada, comprendo a la perfección tu molestia. No pensé que el cazador los encontraría.

—Carmen, creo que lo mínimo que me merezco es una explicación —dije tratando de mostrarme implacable.

Ella se mantuvo en silencio un par de segundos, aumentando mi desazón.

—¿Carmen? —insistí.

—Sí, estoy aquí.

—Respóndeme, por favor.

—Este sujeto se llama Jeff Thomas, y aunque no lo creas, es un protegido del gobierno. Bajo el apodo de Lobo Blanco maneja a un grupo de criminales, y no se detendrá hasta dar con el paradero de uno de los jueces.

—¿Por qué busca a este juez?

—Porque hace cinco años se retiró de la influencia del Lobo Blanco... sí, Rolan, este juez fue la mano derecha de Jeff.

Todo comenzaba a ser más nítido. El cabeza blanca lo buscaba para vengarse por abandonar la banda.

—¿Y tengo que estar en medio? —inquirí fastidiado.

—Sé que por mi descuido estás involucrado en este conflicto, pero dame tiempo, por favor, trataré de solucionarlo por todos los medios.

—No tengo tiempo, Carmen, mis amigos corren peligro con ese idiota tras de mí. Y mientras ustedes, ¿qué hacen? Permanecen tranquilamente en sus camas, preocupándose nada más que por sus egoístas existencias.

—Pero, Rolan...

—¡Pero nada! —la interrumpí—. Eres una mierda, tal como todos los putos jueces que te acompañan. Y por favor, no vuelvas a comunicarte conmigo hasta que tengas una solución.

Furioso, no la escuché más y corté. Solo imaginar que uno de mis amigos perecía en las manos de Nueve, me hacía odiarla desde lo más profundo de mi alma.

19

Al despertar, me incorporé y me llevé la desagradable noticia de que Carmen estaba de pie en la puerta de mi habitación. Vestía de negro, de pies a cabeza. Botas hasta la rodilla, calzas, blusa y chaleco. Lo único que me sorprendió era que estaba usando maquillaje; desde que estuvimos juntos jamás lo había hecho.

—¿Me traes una solución? —le pregunté mordaz.

—Rolan... bueno...

Ya no era la misma mujer de la Procesión, era como si hubiera olvidado como ser dura y fría; ahora se mostraba como la había conocido: temerosa y con dificultad de encontrar las palabras para expresarse.

—Y lo otro, ¿cómo llegaste hasta acá? —continué sin querer mostrarme blando con ella—. Michel estaba encargado de la seguridad.

—Le explicamos la situación y nos dejó entrar.

—Ya veo —dije comenzando a vestirme.

—Por la madrugada —comenzó diciendo ella—, los hombres de Jeff dieron con nuestro paradero, y en el encuentro, Mauricio, uno de los cinco jueces, pereció.

—¿Tengo que sentir compasión por lo que me dices? —le espeté actuando como una bestia despreciable, como ella lo había hecho conmigo en la Procesión. Aunque debo reconocer que me dolía ser así, en realidad luchaba con las ganas de correr hasta ella, cogerla en brazos y beber de su boca. Moría por fundirme una vez más en su piel y llegar a la cima de la perfección solo con ella.

De pronto, la puerta se abrió e ingresó un hombre vestido con jeans grises, camiseta negra y chaqueta de cuero del mismo color. Uno más de los jueces.

Caminó hasta Carmen y al tenerla cerca, me dedicó una mirada de soslayo, y la abrazó por la cintura, apegándola con mucha confianza a su cuerpo.

Me embargaron los celos. ¡Qué se creía aquel idiota! Sentía unas ganas enfermizas de levantarme y encararlo, dejar todos los temores a un lado y golpearlo sin pensar. Pero la cuestión era que ya no estábamos juntos, sería ilógico actuar así. Por lo tanto, reprimiendo aquellos deseos oscuros, contuve todo impulso asesino, y hasta hice mi mayor esfuerzo para que el rostro no cambiara mostrando mis verdaderos sentimientos.

—¿Todo bien? —preguntó él.

—Sí, estoy relatándole los últimos acontecimientos a Rolan.

—No es más que un civil, no tendrías por qué molestarte.

Cómo me hirvió la sangre con aquel comentario de mierda, y furioso, me incorporé, fustigándolo con la mirada.

—Civil o no, ustedes, malditas mierdas ¡me metieron en esto! —lo confronté sin medir el desenlace de mis acciones.

Respondió al desafío con una ígnea mirada, y cuando quiso venir, Carmen lo contuvo:

—¡Alto! No vayas a hacer alguna estupidez.

—Carmen, él me está desafiando —espetó este hombre mostrándose soberbio.

—Gonzalo, por favor, retírate del cuarto —le ordenó Carmen sin querer ceder.

El sujeto resopló harto, y tras depositar un beso en los labios de Carmen abandonó la habitación.

Ella suspiró y, sin ser capaz de mirarme a la cara, advirtió:

—No deberías provocar a Gonzalo, tiene un carácter demasiado explosivo.

No respondí a su comentario. Me daba lo mismo si llegábamos a las manos con aquel idiota. Lo que me intrigaba —fuera de lo que tenía que ver con el cabeza blanca—, era la clase de vínculo que tenía con aquel hombre ya que en la Procesión no tuvo reparos en acostarse conmigo la segunda noche.

—Veremos qué dirá Gonzalo cuando sepa que te acostaste conmigo en la Procesión —amenacé, tomando asiento en la cama.

Carmen se aclaró la garganta y, sin levantar la mirada, echó cerrojo a la puerta; luego se giró hacia mí, aún sin poder alzar la vista.

—Rolan, bueno… yo...

—¿Por qué lo hiciste? —la interrumpí.

—No es lo que crees... Bueno... lo de la Procesión lo hice porque lo sentí, no pude evitarlo. Creo que, a pesar de que ahora comparto mi vida con Gonzalo, nunca te he podido olvidar.

—¡Carmen, por la cresta! —proferí indignado—. Me has tenido siempre bajo la sombra de la incertidumbre, respóndeme con la verdad de una vez por todas. ¿Cuatro años sin vernos, y a pesar de que compartes la vida con otro hombre, no me puedes olvidar? ¡Que absurdo!

Sin saber qué decir, Carmen levantó la mano enseñando un anillo.

—¿Te casaste?

Un dolor agudo atravesó mi pecho. La mujer que más amaba, que jamás pude olvidar, ahora era la esposa de otro hombre.

—Bueno, Rolan, las cosas son como son, y a pesar de que uno de los jueces está muerto, no permitiremos que el Lobo Blanco continúe con esto.

—Ya veo, no quieres hablar del asunto —le dije notando la evasiva.

—¿Para qué? Si al fin y al cavo ya no estamos juntos, y dudo que volvamos a estarlo.

—¿Por qué estás con él si no lo amas?

—¿Quién te dijo eso, Rolan?

—Tú, cuando me besaste en la Procesión, y luego te dejaste fundir en la cama.

Con esto, Carmen desvió la mirada bruscamente.

—Es más, estoy seguro que si ahora mismo te beso, volveremos a hacer el amor.

—¡No te atreverías! —prorrumpió ella aterrada al ver que me aproximaba.

Olvidando al juez que era ahora el esposo de ella la aferré por la cintura, arrimándola con firmeza a mi cuerpo, y sin que opusiera resistencia, la besé. No tardó en responder, y enlazados tal como estábamos, nos dejamos caer en la cama.

En esta oportunidad ella quedó abajo, permitiendo que mis movimientos fuesen menos limitados, y sin dejar de devorar su boca, la comencé a desvestir, sin la más mínima traba.

La recorrí hasta el final de sus límites, estimulando sus turgentes pechos en más de una oportunidad con mis manos, haciéndome vibrar con sus gemidos... la respuesta más deliciosa al sentir mi contacto. Bajé una y otra vez por los costados de su cuerpo, bordeando en plenitud sus anchas caderas, insinuando de vez en cuando en dirección de su mayor intimidad... rozando con sutileza los confines de su monte de Venus.

Sabía que eso adoraba de mí: cómo la poseía, la facilidad que tenía para hacer que sus carnes se estremecieran. Y me quedó más que confirmado cuando sus manos hicieron entrada en el juego, recorriéndome desde los hombros hasta los muslos con sus largos dedos, apretándome contra ella al reunir sus manos en la parte baja de mi espalda, disfrutando el roce ardiente de mi erección. Éramos los dos en aquel momento, solos, ella y yo gozando al máximo de aquel espacio que se nos regalaba, sin que a ninguno de los dos nos importara quiénes supieran de nuestra locura. Sentía que ella me amaba, tal como yo a ella; y quisiéramos o no, nuestro destino era estar juntos.

20

Pasada media hora, nos reunimos todos en la planta inferior. En la mesa ya estaban Nacho y Ronaldo, acompañado por los otros tres jueces cuando Carmen y yo nos ubicamos en ella.

Agradecía que nuestros encuentros pasionales fuesen sin escándalo, sólo amor y deseo suave, delicado. Como si nos esmeráramos en disfrutar en plenitud de aquel instante cual, si escaláramos hasta la mismísima cima del cielo, solo ella y yo.

Me sentí aliviado al ver que Michel yacía apostado junto a la puerta. Con sólo recordar la paliza que les había dado a los seis sujetos encapuchados, no me cabía duda de que detendría a quien fuera haciendo uso de la fuerza descomunal que tenía en piernas y brazos.

—Bueno —tomó la palabra Gonzalo—. Lamento que ustedes tres se vieran involucrados en este asunto por casualidad, únicamente por el lazo que unía a Carmen con Rolan; pero el tema del Lobo Blanco ya está bajo control.

—Ya está bajo control, ¿dices? —inquirió Ronaldo—. ¡Perdieron a uno de los suyos! Creo que esto está fuera de control.

Gonzalo frunció el ceño.

—La muerte de Mauricio fue por descuido. Él conocía el peligro y, a pesar de ello, no tomó las precauciones correspondientes.

—¿No te duele la pérdida de tu camarada? —le pregunté sorprendido por la frialdad de aquel hombre.

—Lo siento mucho, pero no —respondió él, sin titubear—. Los jueces no somos permanentes, por lo que nunca armamos lazos entre nosotros.

Dicho esto, los otros dos jueces asintieron.

—Por esto mismo, Daniel y Fabián, están al tanto de que si queremos salir vivos de este problema es primordial trabajar en equipo; lo que no significa que nos tengamos que llorar cuando uno de nosotros perezca.

No lo pude soportar. Mis puños se comprimieron al igual que mi mandíbula. La frialdad que desprendía aquel hombre superaba a la del peor de los asesinos. Sin duda alguna, él, o sea Gonzalo, tendría que ser la presa que buscaba encarecidamente Nueve y lo quise manifestar:

—¿Tú eres el juez que busca el cabeza blanca?

Frente a mi pregunta Gonzalo entornó los ojos, y resoplando con fastidio, respondió:

—Así es, soy el juez que tanto espera cazar el Lobo Blanco.

—Entonces, deberías entregarte, y no ocultarte como una rata entre nosotros —sentenció Ronaldo colocándose de pie.

Gonzalo dejó escapar una sonora carcajada, luego se dispuso a contestar:

—Sí, podría hacerlo. Sin embargo, creo que hay un detalle que no has tomado en cuenta. Si yo los dejo, Jeff los matará de todas formas porque tenían contacto conmigo.

¡Por la mismísima mierda! Aquel idiota tenía razón. Y por el simple hecho de conocer o tener contacto con este juez nos perseguiría sin descanso. Fuera como fuese, estábamos atrapados.

—¡Ahora, escuchen bien! —demandó Gonzalo golpeando la mesa con el puño cerrado—. Organizaremos equipos de rastreo para estar alerta de los ataques del Lobo, pero esta casa será nuestra guarida central. Tarde o temprano lo podremos confrontar, y seré yo quien le quitará la vida.

Si bien aquel idiota con su puta arrogancia despertaba mi más profundo instinto asesino, era el único que sí tenía un plan para enfrentar la amenaza del depredador; por lo tanto, nos debíamos morder la lengua y atenernos a sus ideas, si es que queríamos vivir.

SEXTA PARTE

AL BORDE DEL ABISMO

21

A pocas horas del crepúsculo llegó Eduardo, el hombre que me había contactado con Nacho. Tal como ese día, se veía jubiloso, cual si no hubiera nada que borrara la sonrisa de su rostro. Junto a él venían dos hombres que, a juzgar por las pistolas que se insinuaban en un costado de sus caderas, se trataba de guardias, o quizás hasta guardaespaldas.

—¡Rolan! —exclamó Eduardo al verme—. ¿Cómo estás?

—Bien, dentro de lo que se puede.

Me resultaba difícil afirmar que estaba bien del todo, ya que, con un depredador en el exterior presto a romperte la garganta, era algo complejo estar tranquilo.

Eduardo se aproximó a la mesa y se sentó junto a nosotros. Saludó a Nacho y a Ronaldo, dado que ni uno de los jueces estaba allí. Carmen y su esposo estaban en el segundo piso, y los otros dos habían salido.

—No creí que llegarías tan pronto, hermano —dijo Nacho dirigiéndose a Eduardo.

—Tenía que venir, colega; recuerda que a nosotros no solo nos une el negocio.

—Sí, hermano, estoy al tanto.

—¿Qué habrá ocurrido con Trece? —preguntó Ronaldo entrecruzando los brazos sobre la mesa.

—También me pregunté lo mismo —coincidí en un hilillo de voz—. Pero con la prepotencia de los jueces, prefiero ahorrarme mis preguntas y todo tipo de comentarios.

—Sí, son unas mierdas —me apoyó Nacho.

Se abrió una de las puertas en el piso de arriba y Carmen junto a Gonzalo comenzaron a bajar la escalera. Por sus rostros no traían buenas noticias, aunque no sé qué diferencia había, pues siempre traían aquellas expresiones de malas pulgas.

Eduardo se incorporó extendiendo la mano para saludar.

—Buenas tardes, soy Eduardo.

—Buenas tardes, Eduardo —respondió Gonzalo estrechando la mano del hombre—. Soy Gonzalo, y ella es mi esposa, Carmen.

¡Cómo me fastidiaba aquello! Lo decía como si estuviera restregándome a la cara que «ella ya era mía». Tenía ganas de tener una pistola a la mano y meterle un par de tiros sin compasión.

Luego de saludar a Eduardo la pareja salió a la calle.

El hombre regresó a su lugar, y la puerta se abrió nuevamente. Por ella ingresó Michel, cargando un maletín que dejó sobre la mesa.

—Su encargo, señor.

—Muchas gracias, Michel —dijo Ronaldo colocándose de pie—. ¿Qué vehículo trajiste?

—El Mazda negro, señor. Lo estacioné en el costado.

—¿Qué mandaste a pedir, Ronaldo? —pregunté mirando con curiosidad el maletín.

—¡Ya verán!

Ingresó un código en la pantalla digital insertada en uno de los costados del maletín. Tras el chasquido que indicaba que la cerradura había cedido, levantó la tapa dejando a la vista un arsenal bastante grande, con los mismos modelos de pistolas ofrecidos por la Eva en Lantrhia.

—Mira, Rolan, mandé a pedir el mismo modelo que

llevabas en la Procesión —señaló haciéndome entrega de la funda de cuero que contenía la Famae.

Mientras Ronaldo continuaba con la repartición de las pistolas y cargadores, las imágenes de los tres días en Lantrhia regresaron.

Cuánto odio debió haber sentido Carmen por mí como para enviarme a ese rincón infernal. Pero algo no calzaba en todo esto, si ella me odiaba, como estoy seguro que lo hacía, y además ya compartía cama con quien es ahora su esposo, ¿por qué se había acostado conmigo? ¿Sería que aún me amaba? ¿Sería que no lograba arrancarme de su corazón? ¿O era un estúpido capricho momentáneo? Tantas preguntas sin responder aún. Lo peor era que con su boca me hacía inclinarme hacia un lado y, con sus acciones hacia el otro. ¡Qué caos, por Dios!

Tras entregar el último cañón nos quedamos en silencio pendientes del ruido exterior. Se oía cómo un grupo de motocicletas se acercaban.

—¡Cuidado! —profirió Ronaldo, antes de que uno de los sujetos montados en las motocicletas pasara por el exterior disparando un explosivo.

Todo el frente de la vivienda se consumió en llamas, y los cristales del ventanal se desparramaron junto a las andanadas de fuego.

Michel y los dos guardias que vinieron con Eduardo se pusieron en movimiento, buscando un punto desde donde visualizar a los enemigos. Entonces, por el frente, cruzaron más motociclistas con rifles de asalto descargando ráfagas contra la casa.

Entre las tantas andanadas de munición, uno de los guardias cayó muerto, siendo impactado en repetidas oportunidades en la cabeza y el cuerpo.

—¡Por la puerta trasera! —ordenó Ronaldo cubriéndonos con la potencia de su Colt.

Sin discutir corrimos hacia atrás oyendo cómo nuestros camaradas respondían al fuego enemigo.

Una vez fuera, Eduardo, Nacho y yo desenfundamos en el acto, conscientes de que el campo se había vuelto hostil. Pegados al muro, nos asomamos alcanzando a distinguir cómo daban la vuelta para continuar con el asedio, cerca de veinte hombres montados en motocicletas.

—Esto ocurre porque no cumpliste con nuestro trato —sentenció una voz situada a mi espalda.

Me volteé y me encontré con que Jeff y el hombre rubio de la noche anterior nos apuntaban desde el muro que separaba el terreno.

El Lobo Blanco traía un rifle similar a los empleados por los francotiradores, y el otro sujeto dos ametralladoras pequeñas. Se despegaron de la pared sin quitar las miras de nosotros.

—Jeff —llamé bajando el arma—. No tenía idea del paradero de los jueces. Recién esta mañana se reunieron con nosotros.

—Da igual, muchacho. Sea como sea, los eliminaremos a todos.

El rubio descargó ambas ametralladoras sobre Eduardo, aniquilándolo en el acto.

Nacho y yo apuntamos, pero Jeff nos contuvo:

—¡No se atrevan! Somos mucho más veloces que ustedes, si presionan el gatillo, no se darán cuenta cuando comiencen el largo viaje sin regreso.

Tenía razón. En la ocasión de la estación de trenes, tuvo la facilidad de parar mis balas y luego moverse para recibir los siguientes impactos. Aquel hombre, tal como los lobos, sabía la forma de matar y evitar ser muerto. Nos tenía a su merced.

—Por tu rostro, sé que sabes que no miento.

Asentí.

—Muy bien, solo entréguenme el paradero de los jueces, y perdonaré la vida de ambos.

—Salieron hace un rato, y no han vuelto —respondí sin otra opción que decir la verdad.

Jeff le dedicó una mirada de soslayo a su compañero, y éste disparó en contra de Nacho. Le dio directo en la mano que sostenía el cañón, y al tiempo que la Colt quedaba tumbada el joven se apoyó en la pared dando gritos.

—¡Dijiste que nos perdonarías!

—Ya lo sé —se burló el cabeza blanca mostrando regocijo al ver cómo Nacho se apretaba la mano retorciéndose.

—¿Entonces? —lo increpé—. ¿Faltarás a tu palabra?

—No —respondió dibujando una maléfica sonrisa—. Dije que los dejaría vivir, no que no los lastimaría.

Los nudillos se me tornaron blancos al apretar con todas mis fuerzas el cañón. ¡Odiaba la forma de comportarse de aquel idiota! Me moría de ganas de blandirlo y meterle un par de tiros.

Por una extraña razón, Jeff llevó su cabeza hacia atrás, como si evadiera algo, y luego su camarada se desplomó tras una convulsión.

—Tanto tiempo sin verte, Lobo Blanco.

La voz provenía del costado derecho. Al girar me encontré con Carmen y Gonzalo. El juez traía una pistola en su mano, creo que equipada con silenciador. Eso explicaría la muerte del compañero de Jeff.

—Qué socio más incompetente —declaró Gonzalo, dedicándole una mirada de desprecio al abatido.

—Sólo son peones. Tú entiendes —repuso el cabeza blanca aproximándose—. Tanto tiempo buscándote, y tú mismo llegas a mí, Rey Escarlata.

—Cinco años sin ser llamado así... Rey Escarlata.

—Cuando te retiraste —continuó rememorando Jeff apoyando el cañón del rifle en su hombro— partiste sin dar explicación alguna.

—Porque ya no quería seguir en la pandilla, era mi oportunidad de tomar un nuevo rumbo.

—¡Pero, mataste a nuestros camaradas! —profirió El Lobo tan rabioso que se le notaban espasmos en sus brazos al comprimir los músculos—. ¿Por qué? ¿Por qué no te fuiste y ya? ¿Por qué tuviste que matar a nuestros hermanos?

—Simple, Jeff, era tiempo de eliminar mi pasado ¡por eso maté a cada uno de los miembros de nuestro gremio!

—¡Pero quedé yo!

—Eso es algo que ahora mismo solucionaré...

Dicho esto, Gonzalo se lanzó al ataque.

Como verdaderos depredadores en busca de la cabeza del otro, dieron inicio a un combate que solo pude detectar gracias a los destellos de las llamas y la tenue luz de los focos de emergencia.

Gonzalo intentó alcanzar la cabeza de su oponente con la culata del cañón, pero al encontrar el aire, extrajo un cuchillo del cinturón. Dio un tajo hacia adelante, mas el cabeza blanca lo contrarrestó con el rifle, golpeándole el brazo equipado con el arma blanca con tal fuerza, que le rompió los huesos. No obstante, el juez no se vio disminuido y pateó con fuerza la pantorrilla derecha de su contrario, desestabilizándolo. Luego, arremetió otra vez con el brazo roto, buscando hincarle el cuchillo en el abdomen. Jeff, haciendo notar la superioridad que ostentaba, se impulsó con la pierna izquierda hacia atrás y castigó el miembro fracturado una vez más con el cañón del rifle. En esta oportunidad no solo se escuchó el chasquido de los huesos, también el antebrazo se dobló estrellando el dorso de la mano con el costado del codo.

Gonzalo gritó, y al momento de soltar el cuchillo, la bota del cabeza blanca le castigó el costado de la cabeza, casi sobre el oído derecho, derribándolo de bruces.

Jeff, ensimismado en su labor, arremetió desenfundando un cuchillo curvo que no supe dónde lo traía oculto. Trató de apuñalar a su ex camarada, encontrándose con un bloqueo metálico, la pistola con silenciador. Gonzalo se incorporó tambaleante y lanzó un puntapié a la mano de su rival que sostenía el cuchillo, esperando desarmarlo.

No llegó a imaginar las malditas intenciones del lobo que, aprovechando el momento, bajó el cuchillo imprimiéndole un poco de fuerza, con lo que apuñaló el pie del hombre. La aguda punta del arma traspasó la suela del zapato, y acompañado por un estruendoso grito, arrancó la hoja de las carnes, dejando la sangre aflorar a borbotones.

El juez se inclinó azotado por el dolor, y en el preciso instante que Jeff se disponía a decapitarlo, dos pistolas rugieron desde el costado derecho del lugar, impactando en la espalda del asesino.

Busqué a los responsables y descubrí a los otros dos jueces. Sin embargo, al repetir el castigo, el Lobo Blanco se impulsó con las piernas quedando sin problemas sobre el muro del fondo del patio. Luego, le dedicó una mirada maliciosa a Gonzalo y se perdió del otro lado de la pared.

Carmen y los jueces corrieron a prestarle ayuda a Gonzalo, mientras yo me giraba para ver cómo seguía Nacho. Desde el otro lado del muro se acallaban los disparos, finalizando así el sangriento encuentro nocturno.

22

Como nuestro refugio ya no aguantaba más, nos vimos obligados a huir de allí. Los jueces se movilizaban en un Nissan rojo y nosotros en el Mazda negro que había traído Michel. Con las heridas que tenía Gonzalo era primordial llegar a un hospital pronto o moriría desangrado. Por lo menos las heridas de Nacho no resultaron de gravedad.

Miré la hora en mi teléfono móvil, restaban minutos para la medianoche. La hora volaba cuando se trataba de cosas malas.

Como dirigíamos el escape, eché un vistazo hacia atrás, al vehículo de los jueces; y cuánta fue mi fortuna, que pude ver con lujo de detalles como un misil estallaba a centímetros de la cola de la máquina.

Michel estacionó el automóvil y, equipados con nuestras pistolas, nos bajamos a prestar ayuda. Pero desde los costados del camino unos disparos dieron inicio al ataque, así que nos tuvimos que arrojar al suelo, justo a tiempo de no terminar muertos.

Mientras que Nacho y Ronaldo correspondían a la andanada de balas, Michel consiguió llegar hasta la máquina que traía a los jueces asistiéndolos para que escaparan. Los dos compañeros de Carmen se integraron a la balacera respondiendo de muy buena manera al ataque, armados con pistolas silenciadas.

Corrí hasta el Nissan metiéndome en el asiento del copiloto, preocupado por Carmen. Allí estaba ella. Sostenía la cabeza de Gonzalo en su regazo llorando desconsolada. Había muerto.

—Carmen, bueno, yo... —quise buscar una palabra de aliento para ella, para que sintiera que estaba acompañándola en aquella difícil situación, pero se ahogaban en mi garganta antes de salir.

—Sabía que esto ocurriría —dijo ella, elevando su rostro demacrado—. Conocía muy bien el pasado de Gonzalo, y sabía que tarde o temprano caería.

Apreté mis puños, pero antes de que tuviese tiempo de decir algo más Carmen acomodó cuidadosamente el cuerpo de su amado en el asiento trasero para, a continuación, salir del vehículo.

Regresé al campo de batalla.

Con Gonzalo muerto todo debería haber acabado, pero no fue así. Para mi sorpresa, oí un golpe en el techo del automóvil. Me giré, advirtiendo que el Lobo Blanco se precipitaba sobre mí. De un puñetazo directo en el rostro me derribó, y se quedó plantado a mi lado. Entonces jaló el cuchillo extrayéndolo de su bota izquierda.

—Todo acabó, Rolan —musitó el criminal ejecutando el movimiento que me eliminaría definitivamente.

Vi mi vida pasar por mi mente, cada instante, bueno y malo. Estaba a las puertas de la muerte. No podría continuar con mis proyectos, el camino que creí largo se cerraba ante mis ojos empujado por un cuchillo curvo que se empalaría en mi cuello entregándome a una muerte rápida e indolora. Solo pedía que mis camaradas no perecieran en las garras de aquellos desgraciados. Pero no podría comprobar si sería así o no.

Y ocurrió un milagro. La mano de Jeff se congeló a centímetros de mi cuello. Busqué sus ojos notando gran confusión en su mirada. Pero recién al sentir una gota de sangre derramarse sobre mi cara supe la verdad:

Carmen, deseando la muerte de aquel criminal, tras propinarle varios tiros en la cabeza, lo apartó de una dura patada en la barbilla. El cuerpo del asesino se golpeó contra la carrocería del Nissan, antes de caer a plomo al lado mío.

Poco a poco los cañones se fueron apagando en derredor, y cuando me logré sentar Carmen tenía sus ojos sobre mí.

—Carmen... —musité perdiéndome en la tristeza que la embargaba.

—No dejaría que te matara... no estoy dispuesta a perderte a ti también.

El tiempo se detuvo allí, mirándonos, entregándonos aquel sentimiento que por tantos años reprimimos, buscando sofocarlo en otros brazos. Sabía que ella lloraba por Gonzalo, pero algo me decía que no era por amor.

Ya no tuve noción de ningún ruido, ni los disparos, ni el chisporroteo de las llamas a mi espalda; solo la percibía a ella, mi amada Carmen. Era nuestra oportunidad de comenzar de nuevo. Recoger aquel tesoro que ambos creímos olvidar muy profundo en nuestros corazones, pero que jamás se logró perder. Esa llama que nos unía seguía ardiendo, tan viva como la última vez.

EPÍLOGO

Para mi tranquilidad Germán hizo lo que estuvo a su alcance para adelantar las vacaciones y de ese modo no me despidieran del trabajo por mis faltas. No hubo necesidad de ningún tipo de documento de la policía para que me creyera, mostró plena confianza en todo lo que le relaté; aunque omití ciertas cosas, claro está.

Entonces pude relajarme, y con el paso de los días, luego de asistir a los funerales de los compañeros muertos tuvimos más respuestas. Trece siempre estuvo a salvo pues trabaja en Italia. Aunque lo doloroso fue enterarse de que su hermano era Mauricio, el juez muerto en la emboscada. Asistió al funeral y volvimos a compartir, enterándonos de que su nombre real era Diego.

Luego de que me ayudaran a cambiarme de casa, Ronaldo y Michel regresaron a sus labores millonarias. Aunque en ningún momento le pude preguntar en qué consistía su ocupación. De todas formas, la vida es muy larga, y con su contacto, en muy poco tiempo organizaremos una junta, y ahí, prometo de corazón, que le preguntaré.

Nacho se tomó un pequeño receso con el Barón y se regaló un año de vacaciones en las bellísimas tierras del sur, ¡cómo lo envidio! Bueno, solo en parte. Siente que, con la muerte de Eduardo, su socio con el que entabló una estrecha amistad, su carrera como dibujante sufrirá una caída considerable. Pero eso ya se verá con el tiempo, no tiene caso sacar conclusiones apresuradas.

Una vez terminados mis días de vacaciones regresé con la mente fresca a trabajar, y me dio la impresión que fue como comenzar desde cero. Es extraño recapitular todo lo acontecido en menos de un mes, parece de película. No obstante, todo fue real, lo de la Procesión y la batalla en contra del cabeza blanca.

Al volver a casa pensé en todo esto, cuestionándome si de verdad fue real o un mal sueño.

También me acordé de Carmen. Quería verla, deseaba de corazón hablar con ella. Sin embargo, después de la muerte de Jeff no he sabido nada acerca de su paradero. Temí que nuestros caminos no se volvieran a cruzar. Pero al regresar de mi ensimismamiento, vi a una mujer de pie en la entrada del edificio de mi nueva vivienda que me observaba interesada.

Otra vez ella, mi amada Carmen. Lucía mejor y vestía de mezclilla verde y negra. Nos miramos fijamente, como si tratáramos de buscar un simple hola, aunque sea, pero no dijimos una sola palabra.

Avanzamos hasta quedar a centímetros el uno del otro, nos tomamos de las manos y sin aguardar más nos besamos. En su boca encontré las respuestas que anhelaba. Ella me amaba, seguía sintiendo lo mismo, antes de que nuestros caminos se distanciaran. No nos detuvimos siquiera para respirar, nos continuamos besando allí, en la acera, como si nadie nos viera, ignorando a la gente que pasaba a nuestro alrededor. La solté de las manos y la abracé con fuerza atrayéndola contra mí. No la dejaría escapar más, nunca más.

NOTA DEL AUTOR
L. A. MONTENEGRO

Procesión está basado en un sueño, pero no cualquier tipo de sueño. Uno de aquellos en los que no sabes si estás dormido o despierto, por lo que mezclas la fantasía con la realidad. Son tan reales las sensaciones que llegas a experimentar que, al despertar, tu cuerpo se ve enfrentado a violentos espasmos. Reaccionas repentinamente, y te quedas sentado en la cama por pura impresión. Este tipo de sueños tienen un impacto de tal magnitud que sin importar el tiempo que transcurra; sean días, semanas o meses, sigue ahí, plasmado en tu cabeza como si se tratara de una vivencia. De allí, obtuve los elementos necesarios para que queden impresos en un relato.

Los textos basados en sueños dieron inicio con *Lunes por la mañana* y *Corazón*, dos breves cuentos escritos a principio del año 2008, cuando daba mis primeros pasos en la literatura. Pero sin duda alguna, *Alma en pena*, *La bestia y Antropofagia* fueron los sueños convertidos en textos más impactantes.

Si bien *Procesión* no fue de los sueños más extraordinarios, sí se presentó como uno de los más emocionantes. Superó por bastante poco a *La bestia*. Anhelaba sumergirme en el mundo de *Procesión* cada noche y conseguir mayores detalles de la historia. Detalles que, sin importar mi empeño, no logré obtener, porque no se pueden dirigir los sueños a voluntad del que sueña o, por lo menos, yo no puedo.

Solo deseo que quien se interne entre las líneas de esta angustiante historia, llegue a experimentar sensaciones cercanas a lo que yo viví.